A ÚLTIMA NAMORADA
NA FACE DA TERRA

SIMON RICH

A ÚLTIMA NAMORADA NA FACE DA TERRA

1ª edição

EDITORA RECORD
RIO DE JANEIRO • SÃO PAULO
2016

CIP-BRASIL. CATALOGAÇÃO NA PUBLICAÇÃO
SINDICATO NACIONAL DOS EDITORES DE LIVROS, RJ

R383u
Rich, Simon, 1984-
A última namorada na face da terra: e outras histórias de amor / Simon Rich; tradução de Joana Faro. – 1ª ed. – Rio de Janeiro: Record, 2016.

Tradução de: The Last Girlfriend on Earth
ISBN 978-85-01-10523-3

1. Conto americano. I. Faro, Joana. II. Título.

16-29813
CDD: 813
CDU: 821.111(73)-3

Título original:
THE LAST GIRLFRIEND ON EARTH

Copyright 2013 by Simon Rich

Ilustrações de miolo por Matt Schoch

Texto revisado segundo o novo Acordo Ortográfico da Língua Portuguesa.

Todos os direitos reservados. Proibida a reprodução, no todo ou em parte, através de quaisquer meios. Os direitos morais do autor foram assegurados.

Direitos exclusivos de publicação em língua portuguesa somente para o Brasil adquiridos pela
EDITORA RECORD LTDA.
Rua Argentina, 171 – Rio de Janeiro, RJ – 20921-380 –
Tel.: (21) 2585-2000,
que se reserva a propriedade literária desta tradução.

Impresso no Brasil

ISBN 978-85-01-10523-3

Seja um leitor preferencial Record.
Cadastre-se no site www.record.com.br e
receba informações sobre nossos
lançamentos e nossas promoções.

Atendimento e venda direta ao leitor:
mdireto@record.com.br ou (21) 2585-2002.

Para Kathleen

Sumário

Garoto conhece garota

Sem proteção	11
O mágico Sr. Bode	22
Movimento Occupy Jen's Street	32
Classificados amorosos caninos	46
Sereias do Gowanus	50
Cupido	59
Armação	65
Eureca	78
Proposta para a NASA	82
Relatório de escavação arqueológica: Ludlow Lounge	84
Vitória	87
Eu amo Garota	98

Garoto conquista garota

Tratamento de Choque 121
Centro do universo 129
Oficina de Reparo de Namoradas 136
A aventura da gravata de bolinhas 148
Sexceções para Celebridades 157
Desejos 161
Confiança 167
O mais importante 177
A última namorada na face da Terra 186

Garoto perde garota

Sou só eu? 201
A assombração do número 26 da
rua Bleecker 209
Quando a ex-mulher de Alex Trebek
apareceu no *Jeopardy!* 220
Eu vi a mamãe beijando o Papai Noel 222
Jovem solteiro à procura 230
Homem invisível 231
O presente 247
Filhos da Lama 256
Transferência 258

Agradecimentos 269

GAROTO CONHECE GAROTA

Sem proteção

I.

Nasço em fábrica. Me colocam em embalagem. Me fecham em caixa. Somos três em caixa.

Nos primeiros dias, nos transportam. De fábrica para depósito. De depósito para caminhão. De caminhão para loja.

Um dia em loja, humano garoto nos vê em prateleira. Ele nos pega, esconde debaixo de camisa. Ele corre para fora.

Ele vai para casa, corre para quarto, tranca porta. Ele rasga caixa e me tira. Ele me coloca em carteira.

Fico em carteira muito, muito tempo.

Esta é história da minha vida dentro de carteira.

II.

O primeiro amigo que faço em carteira é Carteira de Estudante Jordi Hirschfeld. Ele é figura. É o mais velho ali, diz ele. Ele me apresenta a outras figuras. Conheço Carteira de Habilitação Provisória Jordi Hirschfeld, Cartão da Blockbuster Jordi Hirschfeld, Cartão de Fidelidade do Jamba Juice, Cartão PowerUp da GameStop Jordi Hirschfeld, Cartão de Visitas Dentista Albert Hirschfeld, Cartão de Desconto Explosivo Loja de Quadrinhos de Scarsdale.

No meio de carteira vivem dólares. Eu sou menos íntimo deles, porque estão sempre indo e vindo. Mas em geral são legais. Conheço muitos Um e Cinco, alguns Dez e poucos Vinte. Uma vez, conheço Cem. Ele fica muito tempo. Veio de cartão de aniversário, disse ele. Cartão de aniversário de uma pessoa velha.

Também conheço fotografia de humana garota. Muito bonita. Olhos de Cartão da Blockbuster. Azuis, azuis, azuis.

Quando chego em carteira, sou "cara novo". Mas tempo passa. Eu fico tanto tempo, logo viro veterano. Quando conheço Jamba Juice, ele só tem dois carimbos. Sem eu me dar conta, ele tem cinco carimbos — depois seis, depois sete. Quando ele tem dez carimbos, vai embora. Um dia, Carteira de Habilitação Provisória some. No lugar dela aparece cara novo, Carteira de Motorista. Fico preocupado. As coisas estão mudando muito rápido.

Logo depois, sou tirado de carteira. Está de noite. Estou com medo. Não sei o que está acontecendo. Então vejo humana garota. É a da foto. Ela é igual em vida real, mas agora está sem camisa. Está sorrindo, mas, quando me vê, fica zangada. Tem briga. Volto para dentro de carteira.

Uns dias depois, foto de humana garota vai embora.

III.

Naquele verão, conheço dois novos amigos. O primeiro é Carteira de Estudante da Universidade de Nova York Jordi Hirschfeld. O segundo é Cartão do Metrô. Cartão do Metrô é de Nova York e nunca deixa que se esqueça disso. Ele é cheio de "atitude". É amarelo e preto com propaganda do Cirque du Soleil atrás.

Quando Cartão do Metrô conhece Cartão PowerUp da GameStop Jordi Hirschfeld, ele olha para mim e diz: Entendi por que Jordi Hirschfeld não usa você ainda. Fico confuso. Me usa para quê?

Naquela noite, Cartão do Metrô fala muitas coisas estranhas sobre mim. Primeiro eu não acredito no que ele diz, mas ele jura que é tudo verdade. Quando começo a entrar em pânico, ele ri. Ele diz: Você achava que servia para quê? Fico envergonhado demais para admitir verdade, porque eu achava que era balão.

É mais ou menos nessa época que a gente se muda. Por mais de dois anos, moramos dentro de Batman de Velcro. Era bom, confortável, mas um dia, sem aviso, estamos dentro de couro marrom duro. Fico muito triste — ainda mais quando vejo que tantos amigos foram embora.

Sumiu Cartão PowerUp da GameStop Jordi Hirschfeld. Sumiu Cartão da Blockbuster Jordi Hirschfeld. Sumiu Cartão de Desconto Explosivo Loja de Quadrinhos de Scarsdale.

Únicos sobreviventes são Cartão do Metrô, Carteira de Motorista, Carteira de Estudante, eu e uma moça nova e assustadora chamada Visa.

Fico zangado. Qual era o problema de Batman de Velcro? Ela tinha muitas divisórias e era quentinha. Sinto saudades de meus amigos e estou solitário.

Dias depois, conheço Carteirinha de Membro do Film Forum Jordan Hirschfeld.

A essa altura, estou em "modo pânico". O que é "Film Forum"? Quem é "Jordan Hirschfeld"?

Jordan Hirschfeld é mesmo cara que Jordi Hirschfeld, explica Cartão do Metrô. Ele só está tentando "mudar sua imagem". Fico confuso. Qual é o problema com imagem antiga? Naquela noite, espio para fora de carteira e olho arredores de divisória. Está escuro, mas vejo que temos novo vizinho. Ele diz que seu nome é Cigarros Gauloises. Ele é muito educado, mas sinto uma "vibe estranha" nele.

É mais ou menos nessa época que conheço tira de papel de caderno. Nela está escrito rachelfeingold@nyu.edu.

Agora estamos no caminho certo, diz Cartão do Metrô.

Eu nunca senti tanto medo na vida.

IV.

Naquele sábado, cinco notas de Vinte novas aparecem. Penso que elas vão ficar muito tempo, como a maioria dos Vinte, mas duas horas depois elas vão embora, substituídas por recibo La Cucina.

Cartão do Metrô olha para recibo La Cucina e ri. Depois *disso*, é melhor ela dar, diz ele. Fico confuso e preocupado.

Mais tarde, estou cuidando da minha vida, quando Jordi (desculpe, "Jordan") me cutuca com dedo. Fico apavorado. O que foi isso, pergunto. Cartão do Metrô sorri. Ele está vendo se você está aí, diz ele. Para mais tarde.

Meus amigos tentam me acalmar. Um dos dólares, Um, conta a vez que ele conheceu Máquina Pepsi. Ele entrou e saiu, entrou e saiu, muitas vezes. Ele quase morreu; sei que está tentando me animar, mas eu penso, tipo, por favor, pare de falar disso.

Finalmente, chega hora. É como da outra vez. Sou tirado de carteira e jogado em cama. Está muito escuro. Vejo silhueta de garota.

Ela me pega e me examina por um tempo. Ela liga abajur.

Fico confuso. Jordan Hirschfeld também.

— O que foi? — pergunta ele.

O rosto dele parece Cartão de Fidelidade do Jamba Juice. Vermelho, vermelho, vermelho.

— Acho que isso aqui já perdeu a validade — diz ela.

Há longo silêncio.

E então, de repente, os humanos riem! E então a garota bate em Jordan com travesseiro! E ele também bate nela com travesseiro! E eles riem, riem, riem.

A garota enfia mão na bolsa.

— Tudo bem — diz ela. — Eu tenho uma.

Parte de mim meio que quer ver o que acontece depois, mas logo sou coberto por pilha de roupas.

V.

Quando acordo no dia seguinte, Jordan está me segurando sobre lata de lixo. Eu olho para poço. Dentro têm Cigarros Gauloises e Horários do Film Forum. Eles estão conversando "filosofia". Suspiro. Não quero morar com eles, mas fazer o quê? Acho que é "fim da linha" para mim.

Mas de repente Jordan me leva para outro lado do quarto. Sou colocado dentro de caixa de sapato debaixo da cama dele.

Primeiro, fico com medo, porque está escuro, mas conforme visão se ajusta vejo que não estou sozinho. Tira de papel de caderno rachelfeingold@nyu.edu está ali. Recibo La Cucina, onde está escrito "primeiro encontro", está ali.

Eu passo muito, muito tempo em caixa de sapato.

Quando chego, sou "cara novo", mas, conforme tempo passa, viro veterano. Eu recebo muitos novos amigos. Cartão de Aniversário Rachel. Feliz Dia dos Namorados Rachel. E muitos, muitos bilhetes em Post-its Rachel. Eu te amo, Jordi. Rachel. Bom dia, Jordi! Rachel. Tudo aqui é Rachel.

Não sei como as coisas estão em carteira hoje em dia, mas estou feliz por estar em caixa de sapato. Sinto que "cheguei lá". Estou feliz. Estou quentinho. Estou seguro.

O mágico Sr. Bode

OLIVIA FRANZIU A testa ao olhar para seu sanduíche de Marmite. Ela sabia que precisava comê-lo ou enfrentaria a ira de sua governanta, mas o cheiro era tão repugnante que não conseguia se forçar a dar uma única mordida.

Ela abriu as cortinas e suspirou. Ainda era hora do chá, mas poderia muito bem ser noite. A neblina obscurecia todos os vestígios de sol. Estava chovendo havia dias, e a propriedade inteira tinha adquirido um tom marrom-acinzentado. Até mesmo o jardim de flores perdera a cor. Para Olivia, parecia uma pilha gigante de Marmite, sujo, feio e coberto de lama.

— Ah, que verão terrível!

E, de fato, era. Seus pais saíram em um cruzeiro de três meses, deixando-a aos cuidados da Sra. Higginberry, uma velha horrenda que sempre a obrigava a estudar matemática. Até onde Olivia sabia, ela era a única criança em todo o Hamptonshire. Não havia ninguém com quem brincar e absolutamente nada para fazer.

"Quem dera algo interessante acontecesse", pensou ela, infeliz. "Qualquer coisa."

Estava a ponto de experimentar o abjeto sanduíche de Marmite quando algo peculiar chamou sua atenção.

— Santo Deus! — sussurrou ela. — Será que enlouqueci?

Ela sabia que era impossível, mas parecia haver alguém parado em seu espelho.

Olivia ficou assustada, mas sempre fora uma criança curiosa e intrépida. Ela se levantou lentamente e se virou para o espelho.

Ali, emoldurado pelo espelho, havia um grande bode marrom. Ele se parecia com aqueles que ela vira na chácara dos criados. Dois chifres marrons saíam de sua cabeça nodosa, e uma barba desgrenhada e rala pendia de seu queixo. Mas, ao contrário da maioria dos bodes, ele estava de pé sobre as patas traseiras, e usava um terno.

— Minha nossa! — ofegou Olivia. — Um bode de colete!

— Eu o comprei na Jermyn Street — disse o bicho. — Não é estupendo?

Olivia começou a ficar tonta.

— Você fala?

— Sim — confirmou a criatura. — Mas infelizmente não temos tempo para conversas. Sabe, vim levá-la para uma aventura, uma aventura estupenda e tremenda!

Olivia corou.

— Mas minha governanta... disse que eu devia ficar aqui até terminar minha Marmite!

— Sua governanta é lelé da cuca! Se gosta tanto de Marmite, ela que coma!

Olivia riu pela primeira vez em semanas.

— Ora, você é encantador!

O bode fez uma modesta reverência.

— Que gentileza a sua.

Ele esticou a pata através do espelho, pegou o sanduíche de Marmite do prato dela e o engoliu de uma vez só.

— Carambola! — disse ele, sorrindo. — Estava horrível! Mas ao menos agora acabou e podemos ir embora.

— Mas aonde estamos indo? — perguntou Olivia ao novo amigo.

A criatura mágica riu cordialmente.

— Aonde *não* estamos indo?

Os dias seguintes foram um alvoroço de animação. Sim, ainda matemática a estudar e sanduíches de Marmite para comer, mas com o Sr. Bode a seu lado, Olivia estava feliz pela primeira vez naquele verão. Toda tarde, quando a Sra. Higginberry tirava sua soneca, a maravilhosa criatura pulava do espelho e levava Olivia para uma alegre aventura. Um dia, eles se esgueiraram para dentro da despensa e roubaram cubos de açúcar do armário. Em outro passeio, encontraram graxa de carroça no porão e untaram o corrimão, transformando-o em um escorregador.

— Estupendo! — urrava o Sr. Bode ao voar escadaria abaixo.

— Tremendo! — gritava Olivia, logo atrás dele.

No sábado, o sol saiu, banhando o quarto de Olivia de luz dourada.

— Carambola! — exclamou o Sr. Bode. — Que dia maravilhoso e ensolaravilhoso!

O Sr. Bode ficou de quatro e Olivia pulou nas costas dele.

— Em frente! — gritou ela.

— Às suas ordens, milady!

Ela riu quando ele desceu a escadaria correndo e passou pela porta, galopando sem rumo pela grama. Após algum tempo, eles se jogaram em um campo no limite da propriedade. Ficaram deitados na terra macia, gargalhando entre as flores silvestres.

— Ah, Sr. Bode! — exclamou Olivia. — Os últimos dias foram tão divertidos!

— Foram maravilhosos! — concordou seu amigo. — Maravilhosos, divertilhosos, delicilhosos!

— Estou muito feliz por você estar ao meu lado!

O Sr. Bode se aproximou e a beijou.

— Ei — disse Olivia. — Ei... o que foi *isso*?

O Sr. Bode corou de vergonha.

— Eu... Eu sinto muito... — gaguejou ele. — Eu pensei... sabe... Eu pensei que estávamos indo nessa direção.

— Bom, você pensou errado — retrucou Olivia. — Somos só amigos. Está bem?

— Está bem — murmurou o Sr. Bode.

Houve uma pausa longa e constrangedora.

— É melhor voltarmos — sugeriu Olivia, evitando encará-lo.

— Está bem — concordou o Sr. Bode.

Eles voltaram para casa caminhando em silêncio.

Olivia esperou que o Sr. Bode não aparecesse por alguns dias para as coisas se acalmarem, mas no dia seguinte, no meio da soneca da Sra. Higginberry, ele saiu do espelho.

— Olá, Sr. Bode! — disse Olivia alegremente. Ela havia chegado à conclusão de que a melhor atitude era fingir que nada de estranho tinha acontecido. — Eu gostaria de viver uma aventura. E você?

— É — disse o Sr. Bode, claramente distraído. — É.

Ele tossiu, nervoso. Olivia notou que seu hálito tinha cheiro de xerez.

— Ouça — começou ele. — O que aconteceu ontem...

— Não precisamos falar disso.

— Eu estava tomando remédio para uma infecção no ouvido... e a dose era muito forte...

Ela piedosamente o interrompeu com um gesto.

— Não precisa explicar — declarou ela. — Não é nada de mais. Éramos amigos antes de ontem e continuamos sendo amigos agora.

— Bom, isso é esplêndido! — exclamou o Sr. Bode. — O importante é preservarmos nossa amizade.

— Sim! — concordou Olivia. — Exatamente!

Houve uma pausa.

— Posso beijar você? — pediu o Sr. Bode.

Olivia suspirou.

— Eu só quero ser sua amiga — disse ela com firmeza. — Mais *nada*.

— Eu sei — admitiu o Sr. Bode. — Eu sei. É que... acho que devíamos tentar! Quero dizer, está na cara que existe alguma coisa entre nós! Você mesma disse, quando estávamos brincando, você disse que me queria ao seu lado.

— É, como "amigo".

O Sr. Bode suspirou.

— Você me enrolou.

— O quê? — questionou Olivia. — Não enrolei, não!

— Você me enrolou totalmente! Você cavalgou nas minhas costas! Pode imaginar como foi para mim? Foi uma tortura! Eu sou um bode adulto. Tenho necessidades. Necessidades estupendas, *tremendas*.

— Isso não é problema meu.

O Sr. Bode se sentou no chão, massageando as têmporas com as patas.

— Carambola — disse ele. — Caramba, carambola.

— Você vai se acalmar? — perguntou Olivia. — Por que, se não, acho que devia voltar pelo espelho.

— Desculpa — pediu o Sr. Bode. — Eu vou me acalmar. Me desculpa.

Ele alisou seu terno e respirou fundo.

— Então você não sente a menor atração por mim.

— Sr. Bode...

— Diga logo. Eu preciso ouvi-la dizer. Só assim vou conseguir superar isso.

Olivia jogou as mãos para o alto, frustrada.

— Então está bem. Eu não sinto a menor atração por você.

O Sr. Bode caiu em prantos.

— Ah, meu Deus! —Ele chorou. — Ah, meu Deus!

Olivia suspirou.

— Calma, calma — disse ela, dando tapinhas indiferentes em seus chifres. — Você vai encontrar alguém.

— Não é verdade!

— Claro que é.

— Não, não é! Você é a única que sequer consegue me *ver*!

Olivia hesitou. Ele tinha certa razão.

— Olhe — disse ela. — Somos ótimos amigos... mas não somos fisicamente compatíveis. Pelo amor de Deus, eu só tenho 9 anos.

— E daí? Eu só tenho 8!

— Bom, tudo bem, mas isso equivale a quanto em anos de bode?

O Sr. Bode baixou os olhos, sentindo-se culpado.

— Uns 55, não é? — perguntou Olivia.

O Sr. Bode bateu os cascos com sarcasmo.

— Parece que alguém tem estudado matemática.

— Você é um babaca — disse Olivia. — Não é só porque não fiz a sua vontade que tem o direito de ser um idiota.

— Você está certa — murmurou o Sr. Bode. — Me desculpa.

— Acho melhor você ir embora.

— Está bem.

Houve outra pausa, a mais longa até então.

— Posso pelo menos lamber seu rosto uma vez? — perguntou o Sr. Bode. — Só uma vez e depois eu vou embora para sempre.

— Não.

— Por favor.

— Não.

O Sr. Bode baixou a cabeça e atravessou o quarto dela arrastando os pés. Para Olivia, ele parecia andar o mais devagar que podia. Mas, depois de um tempo interminável, o Sr. Bode atravessou o espelho e desapareceu. Olivia suspirou de alívio e se sentou perto da janela. A chuva tinha voltado a cair e o céu estava pesado de neblina.

— Ah — murmurou ela. — Que verão terrível.

Movimento Occupy Jen's Street

— Os magnatas ficam cada vez mais ricos! — gritou Otto no megafone com a voz rouca. — Enquanto o genocídio segue descontrolado! Se isso não é uma injustiça, eu não sei o que seria.

Só restaram uns dez manifestantes, mas eles persistiam com ardor, agitando seus cartazes de papelão no gélido ar de novembro. Estava congelante, e fiquei perplexo por alguém sequer ter aparecido. Era uma prova da capacidade de liderança de Otto. Todo sábado, independentemente do clima, ele conseguia nos fazer acompanhá-lo até o Washington Square Park. Racionalmente, sabíamos que nossos protestos eram absurdos. Como um bando de universitários sujos poderia convencer o Congresso a pôr um fim à Guerra ao Terror, abolir o sistema penitenciário americano ou legalizar alucinógenos? Mesmo assim, parados ali no frio, com os gritos guturais de Otto latejando no crânio, nós nos sentíamos estranhamente poderosos. Sentíamos que podíamos mudar tudo que quiséssemos.

— Darfur é um holocausto contemporâneo! — gritou Otto com uma voz estridente. — E, se a gente não impedir, ninguém mais impedirá!

Ele continuou seu discurso, lançando perdigotos para todos os lados, mas, de repente, no meio da palavra "industrial-militar", sua voz falhou.

— O que foi? — perguntei.

Ele não respondeu, mas entendi ao seguir seu olhar desconsolado. Jen atravessava o parque de mãos dadas com um homem de ombros largos e cardigã. Otto estreitou os olhos com raiva para o casal, e suas mãos tremeram levemente. Ele havia passado as últimas quatro horas gritando, mas em nenhum momento do dia tinha parecido tão furioso.

— Se aquilo não é uma injustiça — fervilhou ele —, eu não sei o que seria.

Otto conseguia ser muito convincente. Durante nosso segundo ano, ele tinha me persuadido a boicotar o McDonald's, embora eles tivessem recolocado o

McRib no cardápio pouco tempo antes. No entanto, por mais que tivesse tentado, não havia conseguido convencer Jen a sair com ele.

— É moral e eticamente repreensível — declarou ele, olhando com amargura para o perfil de Jen no Facebook. — Eu investi meses de trabalho. Como ela pode começar um relacionamento com outra pessoa?

Eu assenti, solidário. *Era* injusto. Otto dava em cima de Jen obsessivamente desde a orientação dos calouros. Tentava se sentar com ela em todas as refeições. E, se a mesa dela não tivesse espaço, ele se sentava o mais perto possível e olhava na direção dela sempre que fazia uma observação em voz alta. Ele a convidara pessoalmente a todos os seus protestos, mas até o momento Jen não tinha ido a nenhum. Certa vez, em uma noite de sábado, peguei Otto chorando na sala comunitária. Ele disse que era por causa da situação em Cabul, mas tive a sensação de que era por causa da Jen.

Mas nessa noite Otto não parecia triste. Apenas irritado.

— É ultrajante — murmurou ele por entre os dentes cerrados. — Ela se recusa a sair comigo uma única vez. Enquanto isso, os magnatas de Wall Street ficam lá, cada vez mais ricos.

Fiquei confuso.

— O que os magnatas têm a ver com a Jen?

— Está tudo conectado — respondeu ele vagamente.

Otto pegou um cartaz novo em uma pilha sobre sua mesa e começou a escrever com um pilot.

— O que você está fazendo? — perguntei, nervoso.

— O que você acha? Estou tomando a porra de uma atitude.

Passei por Otto no dia seguinte a caminho de Antropologia I. Ele estava sentado na escada do dormitório da Jen, segurando seu novo cartaz. Estava escrito SAIA COM O OTTO AGORA, em letras maiúsculas bem desenhadas.

— Há quanto tempo você está aqui? — perguntei.

— Desde ontem à noite. E vou ficar pelo tempo que for preciso.

Notei uma mochila aberta ao lado dele, cheia de barras de cereais e o que parecia ser um kit de primeiros-socorros.

— Não sei se é uma boa ideia — comentei. — Quero dizer, o que você vai fazer se chover?

— Eu tenho um poncho.

— E se você precisar ir ao banheiro?

— Ainda não pensei nisso — admitiu ele.

— Bem... não acha isso importante?

Otto fez uma pausa.

— É importante — concordou.

Ergui o rosto para o dormitório da Jen. Ela morava em um prédio de vinte andares na 12 com a Broadway. Eu não sabia qual era o apartamento dela, então nem imaginava se estava em casa.

— Preciso ir para a aula — falei em um tom de desculpas.

— Vai em frente. Eu vou ficar bem aqui.

Liguei para o Otto da Biblioteca Bobst algumas horas depois. O suprimento de barras de cereais que ele tinha na mochila era limitado, e eu estava preocupado com ele. Precisei tentar algumas vezes antes que atendesse.

— Desculpa. Eu estava no banheiro químico.

— Banheiro químico? Como você conseguiu isso?

— Um dos meus voluntários ligou para a prefeitura.

— *Voluntários?*

Otto tentou explicar, mas sua voz foi abafada por um estrondo.

— Preciso ir — gritou ele, mais alto que o barulho. — Roda de música!

Na manhã seguinte, havia dezenas de alunos na escada da Jen, cantando e tocando bongô.

Que Jen? A Jen do Otto!

A multidão era predominantemente masculina, mas fiquei surpreso ao notar que também havia algumas mulheres lá. A causa do Otto tinha tocado a todos.

Tentei me aproximar dele, mas foi difícil abrir caminho em meio à multidão, e por fim desisti.

Quando eu estava indo embora, um homem com cara de esquilo e camiseta da Phish me entregou um panfleto.

EXIGÊNCIAS DO MOVIMENTO
OCCUPY JEN'S STREET:

1) Jen deve terminar com o namorado atual e começar imediatamente um relacionamento sexual de longo prazo com Otto Jankaloff.
2) Ela deve, imediatamente, começar a amá-lo.
3) Ela deve se sentir fisicamente atraída por ele.
4) Ampla redução dos empréstimos estudantis.

Suspeitei de que Otto só tinha incluído a última exigência para atrair mais gente ao protesto. Mesmo assim, era uma lista impressionante. Simples, mas sólida.

As primeiras reportagens tiveram um tom de chacota, mas, conforme os dias foram passando, ficaram cada vez mais solidárias. Algumas celebridades tinham aparecido no piquete (Alec Baldwin,

Yoko Ono), aumentando a visibilidade do movimento.

Uma noite, o New York One dedicou um segmento inteiro ao movimento Occupy Jen's Street. Fiquei surpreso ao ver que o porta-voz que entrevistaram não era Otto, mas um jovem editor sério do *Nation*.

— Jen não é o problema — explicou ele. — O problema é todo o sistema romântico. Noventa e nove por cento dos homens estão apaixonados por um por cento das mulheres. E mesmo assim elas frequentemente se recusam a sair com a gente. É uma completa injustiça.

Comecei a ficar preocupado; o protesto do Otto estava claramente ganhando força, mas a mensagem parecia estar se perdendo.

Tentei falar com o Otto na manhã seguinte, mas foi difícil encontrá-lo. Uma cidade inteira de tendas havia sido erigida na rua da Jen, juntamente com uma cozinha e um palco improvisado. Reconheci alguns integrantes do Roots montando o equipamento. Eu tinha lido na internet que eles iam tocar, mas mesmo assim fiquei surpreso ao vê-los.

Encontrei o Otto na fila de um dos banheiros químicos.

— Como você conseguiu que o Roots tocasse?

— Eles simplesmente apareceram — respondeu ele.

Atrás de nós, aplausos se ergueram da multidão. Questlove tinha subido ao palco.

— Essa é para o Oliver! — declarou ele enquanto as pessoas aplaudiam.

Otto não pareceu notar a gafe. Ele estava agitado por causa do café e seus olhos vidrados pareciam insanos. Eu esperava, pelo bem dele, que tudo terminasse logo. De um jeito ou de outro.

Na quinta semana, o movimento tinha se tornado nacional, e protestos de solidariedade ocorriam em *campi* do país inteiro. Algumas das demonstrações se tornaram violentas. Na Universidade do Mississippi, seis alunos foram atingidos por uma bomba de gás lacrimogêneo. (Culpou-se o "fraco treinamento da polícia" pelo incidente.) Na Universidade de Nova York, jovens faltavam às aulas em protesto contra a Jen. Poucos professores reclamaram; alguns até se juntaram aos seus alunos nas ruas.

O momento mais dramático aconteceu seis semanas depois do começo do movimento. Jen evitava a entrada principal do dormitório havia algum tempo, mas um dia, a entrada dos fundos estava fechada para obras e sua única alternativa foi cruzar o piquete. Ela estava com o namorado (que, no fim das contas, era um remador moderadamente educado de Columbia). O Departamento de Polícia de Nova York tinha cedido a eles seis seguranças em tempo integral, e todos estavam com as mãos em seus cassetetes. Foi um momento tenso. Os policiais abriram caminho por entre a multidão enquanto o casal ia até a porta. Eles estavam quase entrando quando Jen segurou descaradamente a mão do namorado. Não se sabe quem começou a entoação, mas durou mais de uma hora.

— Que vergonha! Que vergonha!

No mesmo dia, um pouco mais tarde, a NPR transmitiu uma gravação do frenesi. Foi difícil de escutar: visceral e cruel.

O protesto logo ganhou a grande mídia. Brian Williams dedicou uma hora ao movimento e os outros âncoras o imitaram. Era ano de eleição, e não demorou muito para os políticos não terem escolha além de elogiar a causa.

— Obviamente, tem muita revolta no momento — comentou o presidente em uma coletiva de imprensa. — Muita revolta contra Jen.

Dez semanas após o início do protesto, a própria Jen deu uma coletiva de imprensa. A conselho do advogado, ela havia concordado em sair com o Otto uma vez, para tomar um café. Foi uma imensa vitória para o movimento, evidentemente, mas ele não ficou satisfeito. Ainda não tinha progredido em nenhuma das questões principais. Ela se recusava a terminar o relacionamento com o namorado atual. E, apesar de ter concordado em "tomarem um café juntos", Jen nitidamente evitou chamar aquilo de encontro.

— Acho que você deveria aceitar — eu disse ao Otto quando o revi. Suas roupas estavam duras de suor e sujeira, e a barba parecia mais nojenta que nunca. Porém sua confiança só tinha se intensificado. Em certo ponto, ele havia começado a usar uma boina.

— Não vou ceder — retrucou ele. — Não tão perto de conseguir.

Algumas semanas depois, uma nevasca atingiu Nova York, enterrando a cidade em mais de trinta centímetros de neve. Em poucos dias, quase todo mundo tinha deixado o acampamento da rua da Jen. As únicas pessoas remanescentes eram o Otto e alguns nativos americanos mais velhos, que talvez fossem sem-teto. Um dia, alguns homens abatidos do Industrial Workers of the World apareceram. A princípio, o Otto ficou grato pela presença deles. Estava ficando sem seguidores e precisava de todo apoio que pudesse conseguir, mas logo descobriu que haviam começado a fazer reuniões sem ele. Certa manhã, a caminho da aula, eu os vi desmontando o que restara do acampamento.

— Parem! — gritou Otto para eles, com a voz rouca e encatarrada. — O que vocês estão fazendo?

— Você não soube? — perguntou um organizador grisalho. — Acabou. A gente ganhou.

Os olhos do Otto se arregalaram.

— Sério? Ela vai sair comigo?

O organizador balançou a cabeça.

— Não conseguimos fazer com que ela cedesse nesse ponto, mas ela concordou em deixar a gente usar o banheiro.

Ele apontou para os outros caras do sindicato, que formavam uma fila indiana diante da escada da Jen.

— Quer entrar na fila? — perguntou o organizador. — Cada um de nós tem dois minutos.

Otto meneou a cabeça. Notei que seus olhos brilhavam de lágrimas. Ele tinha emagrecido durante o protesto e agora estava apenas levemente acima do peso. Passei um braço por seu ombro e o acompanhei de volta ao seu dormitório. Era difícil acreditar que tudo havia terminado.

Eu terminei a faculdade, fiz pós em administração e arrumei um emprego de consultor. Em certo ponto, perdi o contato com o Otto. Nunca mais fui a um protesto.

Ainda acredito que a mudança é possível. Com trabalho pesado e organização suficientes, não há por que o ativismo não possa impedir um genocídio, conseguir o desarmamento nuclear, erradicar a pobreza e pôr um fim a todas as guerras da humanidade. Mas, quando se trata de coisas que realmente importam, coisas que realmente contam? Não há nada que possamos fazer.

Classificados amorosos caninos

h p/m — *Parcão do East River*

Vi você no parcão ontem de manhã. Você estava usando uma coleira de couro e correndo em círculos. Eu estava de coleira dourada e tentei fazer sexo com você. Em determinado momento, consegui montar em você e nós meio que fizemos sexo por alguns segundos, mas você me enxotou e saiu correndo. Estou interessado em conhecê-la um pouco melhor. Obviamente temos química, e, embora só tenhamos nos visto uma vez, eu realmente senti uma conexão. Voltarei ao parcão amanhã de manhã. Espero ver você lá.

h p/m — *Via Expressa Franklin D. Roosevelt*

Vi você pela janela do carro do meu mestre durante um engarrafamento. Passamos um tempo latindo um para o outro. Na minha opinião, você disse coisas interessantes. Eu adoraria encontrá-la qualquer hora dessas para um encontro casual e discreto, talvez pudéssemos ir ao Central Park juntos e comer lixo do chão. Sou aberto a qualquer coisa.

h p/m — Rua 75 com a Park Avenue

Reparei em você ontem à tarde, ajudando um humano cego a atravessar a rua. Dá para notar que você tem uma alma bondosa e um coração generoso. Eu adoraria montar em você por trás violentamente e fazer sexo agressivo com seu corpo.

m p/h — Astoria, beco atrás do Taco Bell

Vi você perto da caçamba de lixo comendo uma pilha do que pareceu vômito humano. Você pareceu alguém que não se leva a sério demais. Não sei se é macho ou fêmea, mas de um jeito ou de outro adoraria cheirar seus genitais. Avise se tiver interesse.

h p/m — Rua 83 com a Broadway

Vi você há algumas horas, amarrada a um parquímetro em frente ao Zabar's. Você estava com um grande cone na cabeça e parecia frustrada. A vida é curta demais para dramas. Você é bonita. Vamos nos encontrar e esquecer nossos problemas por um tempo. :)

Eu sou castrado, por sinal, mas ninguém nunca reclama...

h p/m — Parcão de Chelsea

Reparei em você no parcão de Chelsea ontem à noite. Você estava usando um suéter vermelho e mais nada. Cheiramos os genitais um do outro por um tempo e eu estava a ponto de fazer sexo com você quando outro cachorro se aproximou e começou a fazer sexo *comigo*, embora eu seja macho. Quando consegui escapar dele, você tinha ido embora. Acho mesmo que perdi uma oportunidade. Adoraria encontrá-la uma hora dessas e continuar de onde paramos.

h p/m — sala de estar

Vi você recentemente na casa do meu mestre, pendendo da lateral de um sofá. Você era um tubo longo e carnudo com um joelho no meio e um tênis na ponta. Tentei montar em você, mas você me afastou com um chute. Ouça: sei que você é uma perna. E não faço a mínima ideia se vai ler isto, mas, seja como for, só queria dizer que a acho linda.

Sereias do Gowanus

Brent voltava a pé do ensaio da banda quando ouviu uma garota cantando. Ele reconheceu a música imediatamente; era aquela nova do Arcade Fire, sua faixa favorita do álbum novo deles. Ele colocou seu amplificador no chão e a ouviu cantar o refrão a plenos pulmões. Naquela noite, a Smith Street estava cheia, mas a voz límpida e clara dela atravessava o barulho com facilidade.

Ele colocou o amplificador sobre o ombro e foi em direção à cantora. A essa altura, ela havia começado outra música: uma pouco conhecida do Big Star. Os postes foram ficando mais espaçados conforme Brent se aproximava do canal Gowanus, mas ele conseguiu avistá-la ao luar. Ela estava sob a ponte da Carroll Street, sentada em uma pedra redonda e lisa. Seus cílios sedosos vibravam enquanto cantava. E, sempre que atingia uma nota alta, ela batia alegremente com os pés na água. Ela estava nua da cintura para cima, exibindo dois seios grandes que se projetavam de seu corpo esguio e frágil.

Brent tentava pensar no que dizer quando ela chamou seu nome.

— Desculpa — disse ele. — Eu conheço você?

Ela virou o rosto timidamente e suas bochechas coraram sob a luz da lua.

— Não exatamente, mas fui a alguns dos seus shows. Você é do Fuzz, não é?

Os olhos de Brent se arregalaram de perplexidade. Sua banda tinha poucos meses. Era a primeira vez que o reconheciam. Mesmo quando ele havia tocado no Club Trash, tivera de mostrar a identidade na porta.

— Não acredito que você já tenha ouvido falar de mim — admitiu ele.

A garota deu uma risada aguda e musical.

— Eu não apenas *ouvi* falar de você! — exclamou ela. — Eu *venero* você!

Ela respirou fundo e começou a cantar uma das músicas dele: a faixa final do álbum independente do Fuzz.

Brent se aproximou da água. Ele sabia que o canal Gowanus era sujo. Certa vez, lera que a água era tão podre que seu teste tinha dado positivo para gonorreia, mas estava lindo ao luar, uma sólida faixa azul, ziguezagueando com elegância pela cidade.

Naquela noite, Brent conversou com ela durante horas, sobre música, arte e "a cena". Quando o sol começou a nascer, ele lhe deu o número do celular e saiu cambaleante em direção à linha F do metrô. Mal tinha percorrido um quarteirão quando ela mandou uma mensagem: "espero q vc volte amanha!" Brent balançou a cabeça, rindo, inebriado. Ele mal conseguia acreditar na própria sorte.

— Cara, essa garota é uma roubada.

— Do que você está falando? — desdenhou Brent.

Seu colega de quarto, Rob, virou-se para ele, colocando a TV no mudo para enfatizar a importância das palavras.

— Ela é a porra de uma sereia. Ela atrai as pessoas até aquela pedra e, tipo, come a carne delas.

Brent revirou os olhos.

— Estou falando sério — disse Rob. — Você se lembra do Stanley? O baixista da banda do Dustin? Ela comeu o rosto dele.

— A gente não pode julgar alguém pelos relacionamentos passados. Tipo, tudo bem, ela matou o Stanley, mas como sabe o que estava acontecendo entre eles? Você não estava lá. Talvez, se ouvisse a versão da Thelxiepeia sobre o que aconteceu, você a apoiaria.

Rob suspirou.

— A vida é sua. Só não quero ver você se machucar.

Brent decidiu convidá-la para o Bar Tabac. Era um ótimo restaurante para o primeiro encontro: não muito caro, mas elegante o suficiente para mostrar um esforço de sua parte. Também era conveniente: no meio do caminho entre o apartamento dele e a pedra dela.

— Eu adoraria ver você! — arrulhou ela ao telefone. — Mas não gosto muito de comida francesa.

Brent sugeriu algumas alternativas — tailandesa, italiana, mexicana —, mas ela rejeitou todas.

— Onde *você* quer comer? — perguntou ele.

A respiração dela ficou estranhamente pesada.

— Na minha casa.

Brent nem acreditou; ele conhecia a garota havia dois dias e ela já o havia convidado para ir a sua casa! Ele ligou para seu baterista e cancelou o ensaio da banda. Precisava comprar uma sunga.

— O que acha dessa? — perguntou Brent a Rob, segurando uma sunga roxa.

— Se você nadar até aquela pedra ela vai te matar.

Brent o ignorou e se virou para seu outro colega de quarto, Jeff.

— O que *você* acha?

— Acho que você vai morrer.

Brent jogou as mãos para o alto, frustrado.

— Por que vocês são sempre tão negativos?

— Só me diz o seguinte — disse Jeff. — Você viu algum osso na pedra em que ela estava sentada?

Brent suspirou. Ele tinha visto alguns ossos.

— OK — disse Rob. — Pelo seu silêncio, imagino que você tenha visto ossos. Ela explicou de onde eles vieram?

— Eu não perguntei — admitiu Brent.

— Por que não? — perguntou Jeff.

— Eu acabei de a conhecer! — exclamou ele. — Não sei que tipo de problemas alimentares ela tem! Eu não queria que ela ficasse constrangida. Estou tentando não estragar tudo.

Brent foi para a fila do caixa em silêncio. Como podia explicar sua situação para aqueles dois idiotas céticos? Como ele podia explicar a sensação que aquela garota linda lhe causava? Eles só tinham se encontrado uma vez e ele já se pegava sonhando acordado com o futuro do casal. Era fácil imaginar os dois indo morar juntos um dia. Seu apartamento era minúsculo, e a pedra dela também, mas talvez eles conseguissem arranjar um lugar maior. Brent visualizava o casamento deles. Seria ao ar livre, às margens do Gowanus. Tinha quase certeza de que Thelxiepeia não era judia, a julgar pela cor de seus cabelos e pela quantidade de vezes que ela havia mencionado Zeus, mas ele não ligava para esse tipo de coisa.

— Quer uma sacola? — perguntou o caixa quando ele pagou a sunga roxa.

— Não precisa. Vou vestir agora.

Brent correu para a água enquanto seus dois colegas de quarto se esforçavam para acompanhá-lo.

— Ainda dá tempo de cancelar — sugeriu Jeff.

— É — concordou Rob. — É só mandar uma mensagem para ela dizendo que você está doente. Nós três podemos ir comer pizza.

Brent se virou rapidamente com as bochechas vermelhas de raiva.

— Ouçam. Eu não sou idiota, OK? Sei que a gente tem poucas chances. Sei que ela é uma sereia. Sei que ela já comeu gente. Sei que ela é cinco mil anos mais velha que eu. Mas eu *realmente* gosto dela.

Seus olhos se encheram de lágrimas.

— Acho que estou *apaixonado* por ela — acrescentou.

A voz dela ressoou a distância. Estava cantando uma música do Magnetic Fields — alguma faixa do *69 Love Songs*. Ela estava quase chegando ao refrão quando mais duas vozes se juntaram a sua. Os colegas de quarto de Brent olharam para o Gowanus. Pelo que parecia, Thelxiepeia tinha convidado algumas amigas.

— Puta merda — sussurrou Rob enquanto as três garotas de topless cantavam. — Que gostosas.

Jeff não disse nada; só ficou olhando para a água em silêncio com os lábios entreabertos.

As garotas terminaram de cantar e acenaram, batendo alegremente com os pés na água.

— Você é o Rob Swieskowski? — perguntou a da esquerda. — Eu amo os seus vídeos do YouTube. Eles são tão engraçados.

Rob corou.

— Não acredito que você viu aquilo.

— E você é o Jeff Selsam! — interrompeu a outra sereia. — Atuário do mês da Seguros de Vida Chapman e Chapman.

Jeff arregalou os olhos.

— Como você sabe?

As sereias assentiram umas para as outras e começaram a cantar uma música dos Beatles, entrelaçando as vozes em perfeita harmonia. Elas sorriam para os homens, atraindo-os para mais perto.

E mais perto.

Cupido

Zeus olhou para o relógio de pulso.

— Tem certeza de que você disse a ele cinco da tarde? — perguntou ele.

— Sim — disse Hermes. — Tenho certeza.

— Porque são quase *seis*.

— Bom, o que você quer que eu faça? — disparou Hermes.

Eles ficaram em silêncio por mais quinze minutos. Por fim, Cupido veio cambaleando através das nuvens e se deixou cair no topo do monte Olimpo. Ele estava com uma espécie de macacão de hip-hop, com furos nas costas para acomodar as asas. Por algum tempo, Zeus tinha ignorado a obsessão do neto por hip-hop, presumindo que era apenas mais uma fase. Só no último século, ele havia passado por muitas. Houve sua fase de "pintor abstrato" nos anos vinte, depois a fase "poeta *beatnick*" nos anos cinquenta, mas a fase do rap já durava mais que essas duas juntas. Zeus estava preocupado.

— Umas paradas novas, umas paradas novas — disse Cupido, entregando a Zeus um CD que tinha gravado com umas músicas.

O Rei dos Deuses o guardou dentro da toga, constrangido. Ele havia colocado o neto a cargo do amor porque parecia o trabalho mais fácil do monte Olimpo. Basicamente, ele só precisava voar e atingir humanos com flechas. Quanto mais atirasse, mais casais se formariam e mais feliz a humanidade seria. Zeus não esperava que Cupido brindasse cada mortal com romance, mas achou que ele chegaria ao menos à marca dos dez por cento. Porém até esse número modesto parecia ambicioso demais para o jovem deus. Em um dia normal, Cupido lançava cerca de quatro flechas — e quase todas erravam o alvo. Recentemente, ele havia perdido seu arco no banco de trás de um táxi de Nova York. Levou dois meses para substituí-lo. Sua preguiça era impressionante. Ele deveria circular o globo três vezes por dia, espalhando o amor por todos os povos da Terra, mas nos últimos cinco anos mal tinha deixado o Meatpacking District de Manhattan. Ele sequer gostava de experimentar boates novas. Segundo Hermes, Cupido tinha ido à Tenjune onze vezes em doze dias.

— Hermes disse por que eu queria falar com você? — perguntou Zeus.

Cupido murmurou alguma coisa em resposta, mas ele estava usando tanta linguagem contemporânea da Terra que Zeus ficou confuso. A única coisa que ele conseguiu entender direito foi a palavra "nego".

— Eu já disse que não gosto que você use essa palavra. Fico muito desconfortável.

Cupido deu de ombros.

— Tô sendo eu mesmo.

Zeus pigarreou. Era inútil continuar enrolando; era melhor falar logo.

— Cupido, acho que você precisa voltar para a reabilitação.

— Nem, Z. Nem.

— É óbvio que a bebida está atrapalhando seu trabalho.

— Tá doido — disse Cupido. — Tô formando uns casais sinistros.

Zeus suspirou. Não passava muito tempo com humanos desde a época dos reis, mas até ele conseguia perceber que as gírias de Cupido estavam defasadas.

— Não é só porque você está disparando poucas flechas — explicou ele. — É em quem está disparando.

— Do que você tá falando? Eu sempre junto os humanos mais maneiros.

— Bom, então você se incomodaria de explicar seus critérios?

Cupido o encarou com uma expressão vazia, claramente desnorteado pela palavra "critérios".

— Diga de uma vez — pressionou Zeus. — Como você decide quais humanos recebem o amor?

Cupido enfiou a mão dentro da fralda e coçou a virilha despudoradamente.

— Bom, com os manos, tudo depende do estilo. Ninguém ganha uma flecha se não for, tipo, um promoter de boate ou, tipo, um promoter de vodca.

— Então só promoters.

Cupido assentiu vagamente.

— Tudo bem — disse Zeus. — E quanto às mulheres? Quais delas recebem suas flechas?

— As boazudas.

— O que isso significa?

O Cupido soluçou.

— Peitões.

Zeus suspirou.

— Você está bêbado, não é?

— Eu tomei umas — admitiu Cupido.

As pálpebras de Zeus tremeram de impaciência.

— Então, recapitulando, os únicos humanos que você ajuda são homens com "estilo" e mulheres "boazudas".

Cupido assentiu.

— E o resto dos humanos... os que, por exemplo, não vão a boates chiques... têm de se virar sozinhos?

Cupido deu de ombros.

— Não posso fazer nada se eles são barrados nos melhores lugares.

Hermes lançou um olhar firme a Zeus. O Rei dos Deuses pigarreou e começou o discurso que tinha ensaiado.

— Existe um lugar em Phoenix chamado Santuário. Eles são especializados em vícios. Podem lhe proporcionar todas as ferramentas necessárias para superar seu problema. Por favor, pode aceitar essa ajuda que estou lhe oferecendo hoje?

— Nem, Z...

— Por favor — implorou Zeus. — A humanidade conta com você.

Cupido balançou os braços rechonchudos em um gesto de desdém.

— Nem — murmurou ele. — Isso aí é armação. Fui.

Ele pulou da montanha e voltou ziguezagueando para Manhattan, com o arco e a flecha em punho.

— Devo voar atrás dele? — sugeriu Hermes.

Zeus balançou a cabeça e suspirou.

— É tarde demais. Nós o perdemos.

Armação

Eu me senti meio estranho por pedir aos meus amigos que me arrumassem alguém, mas a triste verdade era que eu estava começando a ficar desesperado. Estava solteiro havia tanto tempo que me esquecera de como todo o processo de namoro funcionava. Eu tivera namoradas, na faculdade e na pós-graduação, mas não conseguia me lembrar de jeito nenhum como as havia conhecido. Será que eu tinha simplesmente me aproximado delas e começado a falar? Será que elas tinham simplesmente se aproximado de *mim* e começado a falar? Parecia a vida de outra pessoa.

Tim e Tina não perderam a chance de me ajudar. Assim que falei das minhas desventuras românticas, eles entraram em ação, embora estivéssemos bem no meio de sua festa de noivado.

— A gente fez um reconhecimento de campo — disseram-me depois de circular pela sala de estar. — Todas as mulheres daqui são comprometidas.

— Eu imaginei.

— Não se preocupe — disse Tina. — A gente vai cuidar disso!

Eles sorriram para mim, e senti uma onda de animação. Tim e Tina eram as duas pessoas mais sociáveis que eu conhecia. Ela era assessora de imprensa de cinema com centenas de clientes. Ele tinha acabado de se tornar sócio da maior firma de direito corporativo de Manhattan. Se esse casal de ouro não conseguisse arrumar alguém para mim, ninguém mais conseguiria.

Passaram-se alguns meses. Eu estava começando a perder as esperanças, mas então, em um ensolarado dia de abril, o telefone tocou no meu apartamento em Bushwick.

— Adivinha só! — disse Tim. — Encontramos alguém para você.

— Uau! Sério?

— É sério — disse Tina. — E você está no viva-voz.

— Como ela é?

— Ela é exatamente o seu tipo — respondeu Tim.
— Ela é segura, superbonita, *muito* engraçada. Ah, e adivinha de onde ela é? Suécia.

— Nossa — falei. — Que ótimo!

— Vem aqui em casa para um brunch — chamou Tina. — A gente precisa, tipo, criar uma *estratégia*.

Peguei a linha L para a linha R para a linha F do metrô, saindo finalmente em Carroll Gardens. Tim e Tina haviam acabado de comprar uma casa geminada em uma ruazinha arborizada à margem do rio.

— É um pouco pequena — disse Tim com modéstia. — Mas é um distrito excelente.

Levei um tempo para perceber que ele estava falando de "distrito escolar". Estávamos realmente ficando velhos.

Tina saiu da cozinha com um jarro de mimosa.

— Tudo bem — disse ela. — Vamos direto ao ponto.

Eu ri, nervoso, e me juntei a eles na mesa da sala de jantar.

— Acho que a melhor coisa a fazer é deixar rolar naturalmente — sugeriu Tim. — A gente vai convidá-la para o brunch no domingo que vem, vamos fazer com que vocês se sentem um do lado do outro e você assume a partir daí.

Senti meu coração acelerar. Já era horrível levar fora em bares, onde a luz era fraca e ninguém estava olhando. Será que eu queria mesmo correr o risco de ser rejeitado na frente dos meus dois melhores amigos?

— Não se preocupe — disse Tim, percebendo minha ansiedade. — Ela está muito animada para conhecer você.

— Sério?

— Eu mostrei uma foto para ela — disse Tina. — Ela achou você fofo.

Fiquei tão vermelho que os dois começaram a rir.

— Ah, meu Deus! — exclamou Tina. — Parece que a gente está no colégio!

— Quão recente era a foto que você mostrou para ela? — brinquei. — Minha careca estava aparecendo?

— Ela gosta de carecas — assumiu Tim. — O último namorado dela era completamente careca.

Ouvi um som de batida e percebi que estava tamborilando sobre a mesa. Senti uma estranha necessidade de soltar uma gargalhada. Percebi que estava animado, genuinamente animado, pela primeira vez desde meu aniversário de 30 anos.

— Você tem uma foto dela? — perguntei.

Tina deu uma risadinha.

— Direto ao ponto, não é? Não se preocupe, vou encontrar uma.

Tim completou nossas taças de mimosa enquanto Tina ia ao andar de cima. Imaginei que ela ia pegar o laptop, mas, quando voltou, segurava uma pequena pilha de polaroides embaçadas.

— *Voilà*! — disse ela, colocando-as na mesa.

Peguei a primeira. Estava muito escura. Só consegui ver uma grande pilha de lixo amarronzado.

— Onde você tirou essa? — perguntei.

— No lixão — respondeu Tim em tom casual.

— Onde ela está?

Tina apontou para o meio da foto. Espremi os olhos. Ali, entre dois sacos pretos de lixo, havia um vulto curvado e peludo, coberto de verrugas vermelhas.

— O nome dela é Gorbachaka — disse Tina. — Com "G".

Senti minha testa ficar molhada.

— O que foi? — perguntou Tim.

— Acho... que ela não é o que eu estava esperando.

— O que você estava esperando? — quis saber Tina, com uma leve tensão na voz.

— Não sei — murmurei. — É que eu, sabe... vocês disseram que ela era da Suécia.

— Ela é — confirmou Tina. — Nasceu na floresta escandinava. Ela se mudou para os Estados Unidos no ano passado para poder morar debaixo da ponte de Manhattan.

— Isso significa que ela é um troll?

Tina assentiu.

— Algum problema?

— Não — falei, tentando ser educado. — É que eu... É que eu não sei se ela faz o meu tipo.

Tim e Tina se entreolharam, exasperados.

— Vou buscar um copo d'água — disse Tina.

Tim esperou que ela saísse e se inclinou sobre a mesa.

— Olha, cara, você pediu para a gente te ajudar a arranjar alguém. E a gente arranjou.

— Eu sei. E foi muito legal da parte de vocês se esforçarem. Só que não me sinto atraído por ela.

Quero dizer, os pés dela são *enormes*. E os dentes parecem muito afiados.

Tim revirou os olhos.

— Sem querer ofender nem nada, mas talvez os seus padrões estejam um pouco altos demais. Sei que essa garota não é exatamente uma modelo de passarela. Mas *você* não é exatamente...

Ele se calou.

— A questão é que você está envelhecendo — continuou ele. — Talvez esteja na hora de baixar um pouco o seu nível.

— Acho que você tem razão — concordei em voz baixa.

Tim sorriu.

— Tina! — gritou ele. — Ele topou!

A notícia se espalhou entre meus amigos, e nos dias seguintes fui bombardeado com ligações. Até Bill e Becky telefonaram no meio das férias em Barbados.

— Oi, garanhão — disse Bill. — Fiquei sabendo que você vai se encontrar com alguém.

— É! — falei, fazendo de tudo para soar positivo.

— Acho que vocês vão formar, tipo, o casal mais bonito *do mundo* — declarou Becky. Ao que parecia, eu estava no viva-voz de novo.

— Relaxa — disse Bill. — Ela vai ficar de quatro por você.

Eu sabia que meus amigos estavam tentando me apoiar, mas achei o tom deles meio condescendente. Sabia que não era o melhor partido do mundo. Meu apartamento era pequeno e mal-iluminado. Eu pulava de um emprego temporário a outro desde a pós-graduação. Estava perdendo cabelo e ganhando peso e não arrumava uma garota havia mais de dois anos, mas ainda havia algo dentro de mim, uma vozinha orgulhosa, que me dizia que eu conseguia coisa melhor.

Tim abriu a porta e sorriu para mim.

— Aqui está ele. O homem do momento.

Olhei para dentro e fiquei irritado ao ver que Bill e Becky tinham sido convidados para o brunch, assim como Cait e Chris e Jim e Jenny.

— Achei que íamos ser apenas nós quatro.

— Todo mundo quis vir para ajudar você — explicou Tim. — Quanto mais apoio melhor, não é?

Entrei, relutante. Todos os casais acenaram alegremente para mim. Comecei a ficar ansioso como uma criança antes de se apresentar para adultos.

Tina deu um gritinho quando me viu.

— Adivinha só? — cantarolou ela. — Ela chego-ou!

Eu a ouvi antes de vê-la. Estava na cozinha, bebendo mimosa direto da jarra. Ela ergueu o rosto quando entrei. Sua barba preta e densa estava cheia de bagaço de laranja.

— Oi — falei, acenando com constrangimento.

— Goor! — gritou ela. — Gooooor!

Ela continuou bebendo da jarra.

— Ela não é capaz de falar como um humano — explicou Tina. — Mas está animada por ver você.

Gorbachaka continuou bebendo até acabar com tudo. Depois jogou a jarra de vidro no chão, atravessou a cozinha correndo e mordeu minha perna.

— Porra! — gritei quando suas presas afundaram em minha panturrilha.

Tina riu.

— Eu disse — sussurrou ela. — A Gorba é *hilária*.

Tim entrou de repente com um sorriso dissimulado. Por cima do ombro dele, vi o restante dos meus amigos sorrindo com um ar conspirador.

— Tina — chamou Tim em uma voz teatral —, você poderia vir me ajudar a encontrar aqueles, ãhn... guardanapos?

Todos os meus amigos riram.

— Claro — disse Tina, abrindo um sorriso malicioso para mim e para Gorbachaka. — Vou deixar *vocês* dois sozinhos.

Ela saiu da cozinha e fechou a porta, prendendo-nos ali dentro.

— Então — falei, esforçando-me ao máximo para puxar papo —, como você conheceu o Tim e a Tina?

— Goor! — rosnou Gorbachaka.

Ela tentou me morder outra vez, mas desviei com um pulo.

— Goor! — repetiu ela. — GOOOR!

Ela avançou de novo e eu dei um chute instintivamente. Ela era baixa, devia ter menos de oitenta centímetros, e o impulso a fez voar. Ela bateu em um armário e seu crânio estalou contra ele como uma pedra. Por um instante, ela parecia estar morta, mas seus olhos amarelos se abriram. Ela se agachou de repente e avançou mais uma vez. Eu desviei e ela bateu contra a porta, escancarando-a e revelando meus amigos, que obviamente estavam espionando.

— Está tudo bem? — perguntou Tina.

— Não! — gritei. — Não está!

Tim me puxou de lado.

— É melhor você se acalmar um pouco — sussurrou ele. — Você não está exatamente causando uma ótima primeira impressão.

— Eu não me importo! — gritei. — Isso não vai dar certo!

— Por que não?

— Porque ela é a merda de um troll horrendo!

Todos arfaram de horror. Corri os olhos pela sala; ninguém me encarava.

Tina se ajoelhou para poder olhar para Gorbachaka nos olhos.

— Ah, meu Deus — disse ela. — Gorba, eu sinto muito.

Gorbachaka bateu com a pata no chão.

— BRAGA BRAGA HUCK! — urrou ela.

— Eu sei — disse Tina, fixando os olhos em mim.

— Ele não devia ter dito isso.

Tim colocou a mão em meu ombro.

— É melhor você ir, cara. Deixe a coisa esfriar.

Eu assenti, constrangido, e saí lentamente da casa deles.

Já não saio tanto com meus amigos. Ligo às vezes nos fins de semana para ver se eles querem ir a um bar, mas estão sempre ocupados, procurando apartamento, visitando os sogros ou montando berços.

Entrei no OkCupid, no ParPerfeito e no eHarmony — mas nenhum resultou em nada. Às vezes, penso em apimentar meu perfil virtual para tentar parecer mais atraente, mas não acho que o esforço valha a pena.

No mês passado, eu estava folheando o *Times* de domingo quando vi o rosto de Gorbachaka na seção de "Casamentos". Ela tinha se casado no templo Emanuel, dizia a matéria, com um contador chamado Jared. Ele tinha um MBA da Cornell e era surpreendentemente atraente. Gorbachaka também não estava feia. Ela havia perdido alguns quilos, aparado a barba e clareado as presas. Pensei em procurá-la no Facebook e talvez cutucá-la ou coisa do tipo, mas depois mudei de ideia. Para quê? Eu já havia tido minha chance, e tinha estragado tudo.

Eureca

CHARLES DARWIN ENFIOU a mão em sua sacola e tirou dois esqueletos de lagartos machos. Ele sabia que eram da mesma espécie. E mesmo assim variavam bastante em tamanho e estrutura. O que justificava suas diferenças anatômicas? Como tais variações aconteceram? Ele já refletia sobre aquelas questões havia meses, mas, apesar de manter um diário assíduo, ainda não tinha feito progresso.

Darwin coçou o couro cabeludo queimado de sol e suspirou. Fazia um calor anormal na praia de Galápagos, mesmo à sombra do ancorado HMS *Beagle*. Estava pensando em entrar na água quando viu uma criatura extraordinária. Era uma garota nativa. Sua pele era firme e bronzeada, e estava completamente destituída de roupas.

As bochechas de Darwin coraram sob a barba. Ele já tinha visto desenhos de mulheres nuas em livros didáticos durante seus anos na universidade, mas nunca havia encontrado uma "em carne e osso", por assim dizer. Estava indeciso entre se esconder ou não quando ela se aproximou casualmente com os longos cabelos pretos oscilando com suavidade à brisa equatoriana.

— *Tanaka*? — perguntou ela.

— Perdão? — murmurou Charles. Ele lutava desesperadamente para não baixar os olhos para o torso esguio e bronzeado da garota.

— *Tanaka*? — repetiu a garota. Charles percebeu que ela estava apontando para seus esqueletos de lagarto.

— Ah! — disse ele orgulhosamente. — São espécimes científicos.

Ela pegou o menor e o estudou com atenção, revirando-o em sua pequena mão morena. Darwin sentiu uma onda de orgulho. Evidentemente, ela estava interessada em seu trabalho.

— *Tanaka* — disse a garota, devolvendo o lagarto.

— Sim! — exclamou Darwin com entusiasmo. — *Tanaka*!

Ele pegou a mão da garota e a apertou vigorosamente.

— Meu nome é Charles. Sou o naturalista do navio.

Ele ergueu os espécimes.

— Este é o macho da espécie — explicou. — Ao longo do tempo, o corpo dele ganhou tamanho e força. Estou tentando descobrir por quê.

A garota o encarou com um olhar vazio, agitando levemente os longos cílios pretos. Darwin começou a temer estar perdendo seu interesse.

— É um trabalho muito interessante. Aqui, vou lhe mostrar alguns dados recentes...

Charles estava revirando a sacola em busca de seu diário quando ouviu passos pesados atrás de si. Era Mac, o contramestre do navio.

— Oi, Chuck — saudou o marinheiro. — Com quem você está falando?

Darwin forçou um sorriso. Ele nunca tinha se dado muito bem com Mac. Na verdade, considerava o sujeito meio primitivo. Raramente usava camisa durante as refeições. E certa vez havia pego o microscópio de Darwin e brincara de atirá-lo para os companheiros. Darwin queria dizer ao marinheiro que fosse embora, mas a etiqueta exigia uma apresentação.

— Esta é uma garota nativa que conheci — disse ele, tenso. — Eu estava mostrando minha pesquisa a ela.

— Deixa comigo — disse Mac.

Ele ergueu a garota e a jogou casualmente sobre o ombro. Ela riu enquanto ele a carregava para a água. Suas pernas jovens chutavam alegremente as costas nuas e largas de Mac.

— *Tanaka*! — gritou ela, com o peito nu arfando de tanto rir. — *Tanaka*!

— Você é louca — disse Mac, rindo sozinho.

Eles caíram no mar e começaram a jogar água um no outro.

Darwin observou o casal, e depois voltou a olhar para seus dois espécimes machos de lagarto.

— Ah — murmurou ele. — Agora entendi.

Proposta para a NASA

Autor: Dr. Norman Bergman

Experimento proposto: Determinar os efeitos da gravidade zero no acasalamento humano.

Requisitos: Para conduzir esse experimento, seria preciso encontrar um homem e uma mulher que atualmente residam no espaço sideral.

Histórico do autor: Atualmente, resido no espaço sideral, com minha colega Dra. Jessica Mullins, no Orbe Alpha Space. Moramos neste orbe há 27 meses. Somos as únicas pessoas deste orbe.

Você conhece algum indivíduo que poderia realizar este experimento com sucesso? Não, ninguém me vem à mente. Só pensei nesse experimento de acasalamento de forma abstrata, como uma maneira de aprender sobre a gravidade e tal.

Que obstáculos a esse experimento você prevê? Nenhum! Sério, só é preciso encontrar duas pessoas que morem juntas no espaço sideral, de preferência em algum tipo de cápsula ou orbe, e dizer a elas: "Vamos fazer um experimento." Elas não precisam ser casadas nem particularmente adequadas para acasalar. Podem ter personalidades completamente diferentes e nem se dar muito bem, mas, se explicarem que elas só acasalariam como uma experiência para a NASA, elas provavelmente pensariam: "Bom, isso é muito estranho porque não estamos nem mais nos falando, mas é um experimento para a NASA e nós dois trabalhamos para a NASA, então talvez seja melhor fazer esse experimento logo de uma vez. Depois disso, quem sabe, talvez queiramos continuar acasalando, mas agora o importante é tentar uma vez em nome da ciência."

Respeitosamente apresentado,

Dr. Norman Bergman
Copiloto, Orbe Alpha Space

Relatório de escavação arqueológica: Ludlow Lounge

Introdução

O relatório a seguir resume nossas descobertas no sítio arqueológico conhecido como Ludlow Lounge. A maioria de nossos registros da Terra 1 foram perdidos na Grande Quebra do Google de 4081, mas todas as evidências sugerem que essa estrutura servia como um centro social ritualístico para o homem primitivo, pré-internet.

Descobertas

Não se sabe muito sobre os rituais de cortejo pré--internet, mas presume-se que, se um homem do século XX precisava de alívio sexual, ele não tinha escolha que não se aproximar fisicamente de uma mulher e, sem nenhum tipo de aviso, começar a falar com ela. É desnecessário dizer que essa experiência devia ser extremamente perturbadora para todos os envolvidos. Para mitigar o horror da situação, os humanos primitivos contavam com um veneno chamado cerveja (figura 1) para danificar seu cérebro quase a ponto da inconsciência.

Com base na sujeira comparativa nos banheiros "Masculino" e "Feminino" (figuras 2 e 3), sabemos que os homens eram muito mais abundantes que as mulheres nesse local. Uma placa que diz NOITE DAS GAROTAS (figura 4) sugere que os homens faziam um esforço primitivo para atrair mais mulheres ao espaço, mas não fica claro se a estratégia chegou a ter algum sucesso.

Outra descoberta foi uma pequena lata (figura 5) encontrada perto da entrada do bar. A lata estava cheia de dinheiro de papel e nela estava escrita a frase: "Entrada sexta/sábado: 5 dólares." Essa caixa indica que os humanos, por incrível que pareça, pagavam para entrar nesse espaço e ter o tipo de experiência anteriormente descrito.

Conclusão

Antes que os perfis em sites de relacionamento se tornassem obrigatórios pelo Governo Galáctico, o único jeito de encontrar um par era autoinduzir dano cerebral e implorar sexo a estranhos em público. O fato de alguém ter conseguido alcançar o ato sexual nesses tempos sombrios é um testemunho extraordinário do desejo de sobrevivência da humanidade.

Vitória

— Dᴏʀᴍɪᴜ ʙᴇᴍ? — perguntou Lydia.

— Muito bem — respondeu Josh. — Muito, *muito* bem.

Ela riu e bateu no rosto dele com um travesseiro.

— Você não viu meu sutiã, viu?

— Acho que joguei para lá — indicou ele, apontando vagamente para o outro lado do quarto.

Ela pulou da cama e suas costas macias reluziram ao sol da manhã. Josh balançou a cabeça, perplexo. Doze horas antes, ele sequer conhecia aquela pessoa maravilhosa. E agora ali estava ela, nua por vontade própria no seu quarto.

— Você está com fome? — perguntou Josh. — Tem um bom brunch na esquina.

— Eu queria ficar — disse ela, desgrenhando os cabelos dele. — Mas preciso voltar para Greenpoint.

Minha colega de quarto deve estar bastante preocupada comigo. — Lydia corou. — Eu não costumo fazer essas coisas.

Josh apertou sua mão.

— Nem eu.

Ele viu a bolsa dela sob algumas almofadas e a entregou. Lydia sorriu para ele com gratidão e a colocou no ombro.

— Desculpa pela bagunça da casa — disse Josh enquanto a acompanhava pelo corredor.

— Tudo bem. Você não sabia que ia receber uma visita.

Ele riu e lhe deu um beijo hesitante na bochecha.

— Então — disse Josh —, quer sair de novo uma hora dessas?

Lydia sorriu.

— Seria ótimo.

Ele deu um beijo em Lydia de novo, com mais confiança dessa vez, e depois abriu a porta para ela.

— A gente se vê!

— É! — exclamou ele. — A gente se vê.

Josh estava quase de volta ao quarto quando seu celular começou a tocar. Ele o retirou da calça jeans que estava embolada em um canto e verificou a tela. Era um número desconhecido, mas ele decidiu atender mesmo assim.

— Alô?

— Ouvi dizer que você merece parabéns.

Josh deu uma risadinha.

— Olá, senhor presidente.

— Estou ligando para homenagear suas conquistas — declarou o comandante supremo. — Você é uma inspiração para homens de todos os cantos.

— Uau, obrigado — disse Josh. — É muita gentileza do senhor.

— Estou sendo sincero — continuou o presidente. — É preciso uma enorme coragem para abordar uma garota bonita em um bar e começar a falar com ela. E o fato de ter conseguido convencê-la a ir ao seu apartamento e ter relações com você é extraordinário.

Josh corou. Ele sabia que o presidente só estava telefonando porque era determinação do protocolo. Mesmo assim, era impossível não se sentir emocionado pelas palavras dele.

— Que legal da parte do senhor ligar. Eu me sinto honrado.

— Imagine — disse o presidente. — A honra é toda minha.

Josh ouviu um tumulto do outro lado da linha. Os assistentes do presidente pareciam estar tentando chamar a atenção dele.

— Quem? — Ele ouviu o presidente sussurrar. — Os generais? Digam a eles que esperem. Estou falando com o Josh.

Josh colocou o presidente no viva-voz para poder arrumar o quarto enquanto eles conversavam.

— Ainda não acredito que você conseguiu — comentou o presidente.

— Nem eu! — exclamou Josh enquanto jogava uma embalagem de camisinha no lixo. — Quero dizer, eu nunca tinha feito isso. Tipo, conquistar uma garota em um bar.

— Eu cheguei perto — contou o presidente. — Certa vez, na faculdade de direito, eu estava em um bar e vi uma garota que conhecia da turma. E fomos juntos para casa naquela noite.

— Mas é diferente — interveio Josh. — Porque o senhor já a conhecia.

— Eu sei. É diferente. Além disso, não fizemos tudo. Só nos beijamos.

O telefone de Josh começou a apitar.

— Espere um segundo — pediu ele. — Tenho outra ligação.

— Eu espero.

Josh olhou para a tela do telefone. Era outro número desconhecido. Ele deu de ombros e aceitou a ligação.

— Alô?

— Bom dia, Joshua! — respondeu um inglês de voz envelhecida. — Estou ligando da Fundação MacArthur. É com satisfação que anuncio que você receberá um de nossos prêmios anuais.

— Está falando da bolsa "gênio"?

O inglês deu uma risadinha.

— Sim, é como a conhecem coloquialmente. Para onde devemos enviar o cheque de quinhentos mil dólares?

Josh deu o endereço de seu apartamento.

— Olha — disse Josh. — Me desculpa, mas preciso ir. Estou com o presidente na outra linha.

— É claro, mas, antes de desligar, você se incomodaria de esclarecer uma coisa para mim?

— Claro que não — aceitou Josh. — O quê?

— Todos os integrantes do conselho da MacArthur querem saber... como exatamente você conseguiu fazer isso?

— Fazer o quê?

— Pegar a Lydia. Você, tipo, usou uma "cantada"?

Josh pensou no assunto.

— Bom, quando a vi pela primeira vez, ela estava escolhendo uma música no jukebox. Então me aproximei e disse: "Boa escolha."

— E depois? A conversa simplesmente continuou a partir daí?

— Bom, não... Eu não queria parecer desesperado. Então depois da coisa do jukebox eu voltei para onde meus amigos estavam sentados.

Josh ouviu um som de escrita pelo telefone; o inglês estava anotando. Josh fez uma pausa para que ele pudesse terminar.

— ... voltou... para onde seus amigos... estavam sentados. Sim, tudo bem. Entendi.

— Então, enfim — continuou Josh. — Tipo, vinte minutos depois da coisa do jukebox, eu a vi pegar outro drinque. Então fui até o bar. E eu meio que, tipo, calculei o tempo para a gente esbarrar um no outro.

A escrita parou; o homem suspirou profundamente ao telefone.

— *Genial* — comentou ele.

— Obrigado — disse Josh. — Ei, por curiosidade, quem mais ganhou bolsas esse ano?

— Ah, os mesmos de sempre. Oncologistas e gente do tipo. Então, OK, você estava ao lado dela no bar. E aí?

— Bom, aí a gente começou a conversar.

— Sobre o quê?

— Um monte de coisas. Nós dois estamos estudando para o mestrado, então falamos disso por um tempo. E, sabe como é, nossos aplicativos preferidos do iPhone e coisas idiotas como essa. Ela pareceu muito legal.

— E como você conseguiu fazer com que ela fosse para o seu apartamento? O que você disse?

— Bom, a gente estava conversando sobre como *Gold Rush* é engraçado, então eu disse: "Quer ir lá em casa para assistir a um episódio de *Gold Rush*?"

— Inacreditável.

— É. Foi ótimo.

— Qual é o nome todo dela?

Josh falou.

— OK, espere, estou procurando no Google.

Josh esperou pacientemente.

— Nossa. Ela é bonita.

— Eu sei — disse Josh. — Olha, eu ainda estou com o presidente na outra linha...

— Ah, é verdade! Vou deixá-lo desligar.

— Obrigado novamente pelos quinhentos mil dólares.

— Não há de quê.

Josh voltou para o presidente.

— Desculpa — pediu ele.

— Não tem problema — disse o presidente. — Então, como ficaram as coisas com ela? Você vai vê-la de novo?

— Espero que sim. Ela disse que queria, então devo ligar para ela assim que estiver livre.

— Não ligue cedo demais — alertou o presidente. — É melhor esperar, tipo, um ou dois dias, ou... — Ele mesmo se interrompeu. — Veja só — disse, dando uma risadinha constrangida. — Eu querendo dar conselhos a *você*.

O telefone de Josh vibrou outra vez. Ele olhou para a tela e riu.

— Uau! — exclamou ele. — É ela, ela está na outra linha.

— Atende! — gritou o presidente. — Atende a ligação!

Josh desligou com o presidente e apertou Aceitar.

— Oi! — saudou Lydia.

— Oi — respondeu Josh com a voz mais casual possível. — E aí?

— Bom, minha colega de quarto não está atendendo o telefone. Então pensei que a gente podia ir àquele lugar do brunch.

Josh sorriu.

— Eu adoraria.

Ele deu a Lydia o endereço de seu restaurante preferido, vestiu a calça jeans e saiu para encontrá-la.

Ele foi recebido por uma tempestade de flashes ao abrir a porta.

— Josh!

— Aqui! Josh!

Seu corredor estava entupido de jornalistas, tirando fotos suas e com microfones diante de seu rosto. Ele sorriu para as câmeras, mas não parou para dar entrevistas. Não queria deixar Lydia esperando.

Depois de abrir caminho por entre a multidão, Josh finalmente chegou ao restaurante da Clark Street. Lydia estava parada do lado de fora, conversando no celular. Ela acenou para ele alegremente e terminou a ligação.

— Legal, vejo você em Paris. Preciso ir. Tchau!

Lydia guardou o telefone e deu um beijo na bochecha de Josh. Ele riu e também a beijou.

— Quem era? — perguntou ele.

— Ah, uma agência de publicidade. Querem que eu seja o novo rosto da Dior.

— Que legal — comentou Josh. — Você gosta de omelete?

Ela assentiu, animada.

— *Adoro.*

— Bom, esse lugar tem uns ótimos.

Lydia corou quando ele abriu a porta para ela.

— Primeiro as damas.

Eles entraram em meio ao som ensurdecedor de aplausos.

Eu amo Garota

Eu sou Ugui. Eu amo Garota. Garota ama Bugui.

É situação ruim.

Bugui e eu somos pessoas muito diferentes. Por exemplo, temos empregos diferentes.

Meu emprego é Lançador de Pedras. Vou explicar o que é isso. Tem muitas pedras por todo canto e as pessoas sempre tropeçam nelas. Então, quando eu me tornei homem aos 11 anos, a Pessoa Velha me disse: "Livre-se de todas as pedras." Desde aquele dia, eu trabalho pesado para isso. Sempre que está claro lá fora, eu estou recolhendo pedras, carregando-as morro acima ou jogando-as penhasco abaixo. Nos últimos dez anos, eu tirei muitas pedras do chão. As pessoas ainda tropeçam em pedras, mas tropeçam menos que antes. O emprego de Bugui é artista. Vou explicar o que é isso. Quando ele se tornou um homem, a Pessoa Velha disse para ele: "Corte as árvores para termos espaço para viver." Mas Bugui não queria fazer isso, então agora ele suja as cavernas de tinta. Ele chama suas sujeiras de "desenhos". Todo mundo gosta de olhar para eles, mas a pessoa que mais gosta de olhar para eles é Garota.

Eu amo Garota. Vou explicar o que é isso. Quando olho para ela, fico enjoado como se fosse morrer. Eu nunca tive a Grande Doença (obviamente, porque ainda estou vivo), mas meu Tio a descreveu para mim. Ele disse que é um aperto no peito, não dá para respirar, e você fica com raiva dos Deuses porque eles estão nos prejudicando sem motivo. Eu ia pedir para ele explicar mais, mas aí ele morreu. (Ele ficou doente por muito tempo, quase dois dias.) O negócio é: Garota me deixa assim, como se eu fosse morrer. Tem muitas mulheres no mundo. Pela última conta, sete, mas ela é a única que já amei.

Garota mora na Montanha Preta. É chamada Montanha Preta porque (1) é montanha e (2) é coberta de pedras pretas. Todo dia Garota tem de subir nas pedras para chegar a Rio. É difícil demais. Ela tem pernas curtas e está sempre ficando presa. Então um dia eu decidi: "Vou abrir um caminho da caverna de Garota até o Rio."

Estou trabalhando no caminho de Garota há muitos anos, pegando as pedras pretas e levando embora. Eu nunca jogo as pedras dela no penhasco como as pedras normais. Em vez disso, eu as coloco em uma pilha ao lado da minha caverna. Gosto de olhar para a pilha, porque ela me faz lembrar que estou ajudando Garota. A pilha é preta, brilhante e muito grande. Minha mãe, com quem eu moro, diz que tem de "jogar fora". Ela não entende que é importante para mim. (Tenho medo de que ela tire a pilha dali, mas é improvável. Afinal, ela é uma mulher idosa de 32 anos.)

Eu fiz bom progresso no caminho de Garota, mas ainda tem muitas pedras para tirar. O trabalho poderia ser mais rápido, mas estou abrindo o caminho em segredo sob a luz da lua. É difícil admitir, mas a razão é que tenho medo de falar com Garota. Se ela descobrisse que sou eu que estou tirando as pedras, tenho certeza de que diria algo para mim como "Olá" ou "Oi". E aí eu teria problemas. Porque a verdade é: eu não sou bom em formar palavras.

Bugui é muito bom em formar palavras. Por exemplo, na semana passada ele exibiu seu novo desenho na Caverna Principal. Todo mundo esperava que fosse um cavalo ou um urso (todos os desenhos dele até agora foram cavalos, ursos ou uma mistura de cavalos e ursos), mas esse desenho não era de nenhum animal. Era só um monte de linhas vermelhas. As pessoas ficaram zangadas.

— Eu queria animais — disse a Pessoa Velha. — Onde estão os animais?

Foi uma situação ruim. Achei que Bugui ia perder seu emprego ou talvez ser apedrejado até a morte, mas Bugui subiu em uma pedra e falou:

— Minha arte é inteligente, e quem não entender é burro.

Todo mundo ficou quieto. Olhamos para a Pessoa Velha para ver o que ela ia dizer.

A Pessoa Velha olhou com atenção para as linhas vermelhas por um tempo. Depois esfregou o queixo e disse:

— Ah, sim, agora entendi. É inteligente. Quem não entender é burro.

Alguns segundos depois, todos os outros entenderam.

— É inteligente — disseram eles. — É inteligente!

A única pessoa que não entendeu fui eu. Minha barba começou a suar. Fiquei com medo de alguém me pedir para formar palavras sobre o desenho, entende?

Fui devagar até a saída. E estava quase fora da caverna quando Bugui apontou para mim.

— Você gostou, Ugui?

Todo mundo parou de formar palavras e olhou para mim.

— É inteligente — falei. Eu queria que minha voz saísse alta, mas saiu baixa.

Bugui sorriu.

— Ah — disse ele. — Então por que não a explica para nós?

Senti a pele queimar. Foi como quando se cai na fogueira e o corpo pega fogo. Olhei para os meus pés e as pessoas começaram a rir de mim.

Eu olhei para Garota para ver se ela também estava rindo. Não estava (graças aos Deuses), mas ela ouviu todas as outras pessoas rindo e foi tão ruim quanto.

— Estou cansado de falar com pessoas que são menos inteligentes — disse Bugui. — Agora vou acasalar com Garota.

Ele pegou a mão de Garota e começou a acasalar com ela. Algumas pessoas ficaram para assistir, mas a maioria tomou aquilo como a deixa para ir embora.

Quando eu estava saindo, ouvi Garota fazendo barulhos. Eles ficaram na minha cabeça a noite toda, como um eco em uma caverna gigante e vazia.

No dia seguinte, decidi me tornar um Artista. Contei meu plano a Ugui (vários de nós se chamam Ugui, desculpa se isso é confuso) e ele disse:

— Você não pode ser um Artista. É difícil.

Ugui concordou com ele.

— Você é só um Lançador de Pedras. Continue assim.

Fiquei zangado com Ugui. Em parte, porque ele sempre fica do lado de Ugui, mas principalmente porque não concordo com as palavras dele.

Talvez Artista seja trabalho difícil. Não sei, mas eu ficaria surpreso se fosse um trabalho tão difícil quanto Lançador de Pedras.

Lançar pedras não é assim tão fácil. Por exemplo, há cinco anos, um dos meus ombros deslocou do braço quando eu estava jogando um pedregulho de um penhasco. E dois anos depois, o outro ombro também deslocou. Eu ainda consigo lançar pedras, mas agora, quando lanço, eu grito. Não só de vez em quando, mas constantemente. Toda vez que lanço uma pedra eu grito, muito alto. Nem sempre percebo que estou gritando, é simplesmente parte da minha vida. Em geral, quando o sol se põe, estou sem voz. Ela some, sabe, porque gritei muito por causa da dor de lançar pedras. Outra coisa é que às vezes eu caio do penhasco, o que é uma situação ruim.

— Eu vou fazer um desenho — falei para os outros. — Um bom desenho.

— Para quem você vai mostrar? — perguntou Ugui. — Para a sua mãe?

Todo mundo riu: Ugui, Ugui, Mugui e até Ugui.

— Não — falei. — Vou mostrar para Garota.

Ninguém formou palavras depois disso.

Eu nunca falei com Garota, mas uma vez ela falou comigo. Foi há muito tempo, quando ainda éramos crianças.

Era o primeiro dia de aula e estávamos aprendendo a contar. Foi confuso. Eu sou muito bom com alguns números. Eu entendo "um" e "dois" muito bem, e não tenho problemas com o "três". Mas, quando chega a matemática avançada, "quatro", "cinco" e daí em diante, fico confuso.

A Pessoa Velha tinha falado para cada um de nós fazer uma pilha com cinco pedras. Eu não sabia quantas colocar e estava chegando a minha vez. Foi uma situação ruim.

A Pessoa Velha estava prestes a me chamar quando Garota sussurrou no meu ouvido:

— Você tem pedras demais. Precisa tirar quatro.

Eu olhei para ela. Acho que ela viu pelo meu olhar que eu não entendia "quatro" muito bem.

— São dois dois — explicou.

Engoli em seco. Até hoje não sei o que ela quis dizer.

— Não se preocupe — disse ela. — Vou ajudar você.

A Pessoa Velha ia olhar para a minha pilha quando Garota se levantou e apontou para a floresta.

— Predador!

Quando saí da Caverna de Esconderijo, já estava de noite. No segundo dia de aula nos formamos e eu ganhei minha pele de ovelha como todos os outros. Eu queria agradecer a Garota, mas não sabia que palavras formar. Então não disse nada.

Garota tem uma cabeça pequena, então é muito estranho ela colocar tantas coisas lá dentro. Ela sabe todos os números: "seis", "oito", qualquer um. Mas também sabe outras coisas; coisas que ninguém mais sabe.

Uma vez eu a segui até o Rio. Ela estava caçando peixes do jeito normal, atirando uma vara dentro d'água. Depois de um bom tempo, ela pegou um peixinho fino. Achei que ela ia fazer a coisa normal (arrancar a cabeça e comer o corpo), mas ela fez a coisa mais estranha que já vi. Colocou a vara — com o peixinho ainda ali —, de volta no rio. Logo depois, ela puxou a vara. Tinha um peixe maior na vara.

Até hoje eu não entendo como Garota fez aquilo, mas pensei muito no que vi, que ela usou a vara para pegar o peixe pequeno e depois o peixe grande, e desenvolvi uma teoria. Minha teoria é: ela é uma bruxa e sabe fazer mágica.

Mesmo que provavelmente ela seja uma bruxa, eu continuo a amá-la. Minha mãe diz que, quando se ama alguém, não se importa com os defeitos. Por exemplo, meu pai não caçava muito bem depois que um monstro comeu os braços dele, mas minha mãe continuou a acasalar com ele, porque ela o amava.

Garota deve amar Bugui de verdade, porque ele tem muitos defeitos. Ele nunca sorri ou divide sua carne com outras pessoas. Ele é grosseiro com a Pessoa Velha e não massageia os pés dela. E ele não é muito "pé no chão". Por exemplo, um dia ele subiu numa pedra grande e disse: "Eu sou um deus vivo. Todo mundo deveria me venerar, pois eu sou um Deus vivo." Talvez ele esteja certo. Não sei como tudo isso funciona, mas ele não precisa falar em cima da pedra.

Mas, em minha opinião, o pior defeito de Bugui é que ele desrespeita Garota. É muito sutil, mas se os observar com atenção, dá para notar. Por exemplo, às vezes ele ordena que ela acasale com ele na frente de multidões. Eu sei que é direito dele (ele é homem, ela é mulher), mas o que me incomoda é o *jeito* como ele ordena que ela acasale. Ele ergue a voz e estala os dedos. É como se estivesse falando com um cachorro. Se eu fosse dono de Garota, só a mandaria acasalar comigo na frente de multidões se achasse que ela estava com vontade.

Bugui está com tudo. Ele é muito rico (três peles). Ele talvez seja um Deus (não está claro). Ele arruma o cabelo de um jeito novo e descolado (molhado). Ele inventou a Arte, mas mesmo assim não consigo entender por que Garota está com ele. Como meu pai dizia: "Deve haver outros monstros que não conhecemos naquela caverna."

Decidi fazer meu desenho de cavalos porque eu sabia que isso já existia. Demorou muito, por várias razões: (1) eu só podia trabalhar à noite por causa do trabalho de Lançador de Pedras, (2) era a primeira vez que eu fazia arte e (Outra Razão) minha mãe passou o tempo todo olhando por cima do meu ombro.

Eu sei que ela estava tentando me ajudar, mas algumas das palavras dela me deixaram triste. Por exemplo, uma vez ela disse:

— Você é ruim nisso. Você devia parar porque você é ruim. Se Garota vir isso, ela não vai gostar porque a coisa que você está fazendo é horrível.

Eu amo minha mãe e sempre vou massagear os pés dela, mas às vezes acho que ela não sabe como ajudar.

Finalmente, depois de muitos dias de trabalho, terminei meu desenho. Eu estava prestes a colocar a marca da minha mão quando ouvi uma risada familiar a distância.

Eu me virei; Bugui estava ali.

— Que desenho inteligente — falou ele, batendo palmas. — Você é muito inteligente.

Eu sorri. Achei muito gentil Bugui dizer coisas boas sobre o meu desenho, ainda mais porque não somos amigos.

— Obrigado — falei.

Bugui revirou os olhos.

— Eu estava sendo *sarcástico*.

Um tempão se passou. Eu não conhecia essa palavra, mas estava com medo de admitir.

— Que bom que você gostou do meu desenho — falei.

— O desenho é *ruim*, OK? É uma droga. Eu não gostei dele.

Suspirei. Pela primeira vez, eu estava começando a entender o que ele queria dizer.

Meu plano, como você sabe, era mostrar meu desenho a Garota, mas comecei a ficar com medo de ela não gostar. Até o momento, as críticas não eram muito boas.

Ugui disse:

— É o pior desenho já feito por um humano.

Mugui disse:

— É a prova de que você é uma pessoa burra. Porque a qualidade é fraca e a ideia também é ruim.

A Pessoa Velha disse:

— Eu sempre soube que você era burro. Todo mundo sabe. Mas esse desenho me faz perceber que você é ainda mais burro do que eu achava. Você é como um animal da floresta, ou uma pedra no chão. Sem cérebro.

As pessoas explicaram que um dos principais problemas foi eu não fazer o número certo de pernas no cavalo. Além disso, eu desenhei o corpo grande demais, então não havia espaço suficiente para a cabeça. Além disso, eu coloquei mãos nele, esquecendo que cavalos não têm mãos.

Eu estava orgulhoso do desenho quando o fiz; mas as palavras das pessoas me deixaram envergonhado. Cheguei à conclusão de que era melhor destruí-lo antes que Garota ficasse sabendo.

Peguei algumas bexigas vazias e trouxe água do Rio. Eu estava prestes a molhar o desenho quando ouvi aquela risada de novo.

— Não destrua ainda — disse Bugui. — Tem uma pessoa que quer vê-lo.

Ele agarrou Garota pelo braço e a empurrou para o meu desenho. Foi uma situação ruim.

— Diga ao Ugui o que você acha — mandou Bugui.

Garota murmurou alguma coisa, mas foi baixo demais para eu ouvir.

— Diga! — ordenou Bugui.

— Eu não gostei — disse Garota. — Você não é inteligente. Eu amo Bugui e não você.

Fiquei ali parado em silêncio. Água quente saiu dos meus olhos.

Bugui pegou uma das minhas bexigas, molhou a mão e penteou o cabelo para trás no jeito dele. Depois foi até a minha pilha de pedras pretas, pegou uma e a jogou no meu desenho.

— Vamos embora — disse ele a Garota.

Ela começou a segui-lo, mas, quando estava saindo, parou para pegar uma pedra da minha pilha. Fiquei com medo de que a jogasse no meu desenho, como Bugui tinha feito. Só que em vez disso ela a aproximou do rosto e a examinou.

— Vamos embora! — gritou Bugui.

Ela foi com ele para dentro da floresta, ainda segurando a pedra.

Minha mãe me acordou de noite.

— Tem um monstro aqui para nos assassinar — avisou ela.

Eu assenti. Isso é ocorrência comum.

— Que tipo de monstro? Lobo?

Ela balançou a cabeça.

— É um monstro esperto. Ouça.

Ficamos em silêncio por um tempo; logo escutei um som estranho. O monstro estava jogando pedras na caverna, uma depois da outra.

Peguei minha vara de matar e fui com cuidado até a entrada. Eu vi um vulto nas sombras e estava a ponto de atacar quando a lua surgiu de repente entre as nuvens.

— Garota?

Ela estava parada na margem da floresta com uma pedra preta na mão.

— Desculpe por assustar você. Só vim agradecer.

Fiquei confuso.

— Pelo quê?

— Por abrir um caminho para mim.

— Como você descobriu que era eu?

— Eu peguei uma pedra da sua pilha e comparei com as da minha montanha. São do mesmo tipo.

Eu andei cautelosamente até ela.

— Você é uma bruxa? — perguntei.

Garota riu.

— Não sou uma bruxa! Só usei o bom senso. Quero dizer, existem milhares de pedras pretas empilhadas ao lado da sua caverna e elas são idênticas às pedras que foram tiradas da minha montanha. Não preciso ser uma bruxa para entender o que aconteceu.

Eu a encarei.

— Se você for uma bruxa, pode me contar — falei. — Vou guardar seu segredo.

Ela colocou a mão no meu braço. Todos os pelos se arrepiaram.

— Obrigada por tirar todas as pedras — disse ela, olhando nos meus olhos. — É um bom caminho. Você tem jeito para tirar pedras.

Pela segunda vez naquela noite, saiu água quente dos meus olhos. Só que dessa vez era porque eu estava feliz.

— Desculpe por ter falado aquelas coisas más sobre o seu desenho — disse Garota. — Bugui me obrigou.

Eu fiquei chocado; isso não tinha me ocorrido. Bugui era muito esperto.

— Isso significa que você gosta da minha arte? — perguntei.

Ela olhou para o meu cavalo e hesitou.

— É interessante, mas sabe do que eu gosto mesmo? Da sua pilha de pedras.

Ela foi até lá.

— É meio que uma escultura.

— O que é escultura?

— Como um desenho em três dimensões.

Muito tempo se passou em silêncio.

— Posso engravidar você? — perguntei.

— O quê?

— Eu sei que não sou inteligente como Bugui. Eu não entendo a arte e sou ruim com números, mas vou trabalhar pesado para tirar as pedras para você. E, quando você tiver filho, eu vou tirar as pedras para o filho. Eu vou tirar todas as pedras para você e para o filho até ser comido por um monstro ou morrer da Grande Doença. Eu vou fazer muitos caminhos para você poder ir aonde quiser.

Parei para recuperar o fôlego. Eu nunca tinha falado tantas palavras de uma vez só.

— E Bugui? — sussurrou ela.

Eu pensei no assunto por um instante.

— Eu vou matá-lo — falei. — Com uma pedra.

Ela sorriu e beijou minha bochecha. Foi como eu tinha sonhado.

Formamos muitas palavras naquela noite. Garota explicou que nunca tinha amado Bugui de verdade. Ele só parecia sua "única opção". Ele era o único que tinha pedido para acasalar com ela. Os outros cinco homens da terra tinham medo demais, inclusive eu.

Confessei para ela que não tinha entendido o último desenho de Bugui e ela riu.

— Ninguém entendeu — disse ela. — Nem mesmo Bugui.

O céu estava estrelado e Garota contou as estrelas em voz alta até eu dormir.

No dia seguinte, peguei uma pedra grande e bati na cabeça de Bugui até seu crânio rachar e ele morrer. Depois, Garota e eu fomos nadar.

Decidimos ter muitos filhos: um, dois... talvez até um número maior.

Eu amo Garota. Garota me ama.

É boa situação.

GAROTO CONQUISTA GAROTA

Tratamento de Choque

KYLE ATRAVESSOU o pátio com um passo arrogante. Seu rosto era pura indiferença.

— Anda! — gritou um dos guardas. — Anda, anda, anda!

O garoto suprimiu um sorriso malicioso. Ele sentia pena dos guardas. Estavam gritando com ele desde o nascer do sol, tentando, em vão, "quebrá-lo". Agora o sol estava quase se pondo e a voz deles começava a ficar rouca.

Kyle entendia por que o haviam colocado no programa. O Tratamento de Choque era feito para "jovens de alto risco", e ele claramente se encaixava na descrição. Desde o Baile de Inverno, vinha ficando com a mesma garota, Alison, todo fim de semana. E recentemente, por Gchat, ela tinha perguntado se eles estavam namorando. Mesmo assim, isso não queria dizer que ele ia acabar preso em um relacionamento sério. Afinal, ele estava com apenas 17 anos. Tinha a vida inteira pela frente.

Ele olhou para os outros adolescentes de seu grupo. Todos haviam bancado os fortões na ida de ônibus até Park Slope, mas não aguentaram. Christian foi o primeiro a surtar, durante o tour pelo Belle Cochon.

— Olha para essa merda de restaurante! — havia gritado um guarda de rosto vermelho enquanto andava pelo bistrô iluminado por velas. — É nesse tipo de lugar que vocês vão ter que levá-la todo sábado à noite!

Christian tentou manter o controle, mas, quando o guarda colocou o cardápio em sua mão e o obrigou ler o preço do *steak au poivre*, seus lábios começaram a tremer.

Os outros garotos conseguiram esconder o medo até chegarem ao tour pela Bed Bath & Beyond.

— Olhem para essa merda de banco! — gritou um guarda para eles. — Esse é o banco onde vocês vão ter que sentar a porra da bunda enquanto sua namorada escolhe coisas esquisitas para o banheiro!

E depois, quando ela vier com duas merdas de lustres idênticos, vocês vão ter que fingir que acham um deles mais bonito que o outro! Porque, caso contrário, ela vai dizer que vocês não estão "participando"! O que vocês acham dessa merda?

Ao saírem da loja, todos os garotos tremiam.

Todos menos Kyle. Ele não estava nem um pouco assustado. No máximo, sentia-se entediado. E agora o dia estava quase terminando. Ele só precisava aguentar mais uma hora dessa ladainha e poderia ir para casa.

— OK, ouçam! — gritou um guarda. — Seu programa está terminando, mas, antes de deixarmos vocês voltarem para a rua, temos um orador para vocês. O nome dele é Dan Greenbaum. E ele está em um relacionamento sério com a namorada, Sarah, há *sete anos*.

Pela primeira vez naquele dia, Kyle sentiu os ombros se contraírem. Ele nunca havia conhecido um prisioneiro de verdade.

O guarda tirou uma chave do bolso e deixou o prisioneiro sair de sua casa geminada. Ele usava um uniforme padrão: calça cáqui, mocassins Kenneth Cole e um suéter da Brooks Brothers.

— Meu nome é Dan. Eu tenho 29 anos. Estou cumprindo prisão perpétua como namorado da minha namorada, Sarah.

Ele percorreu a fileira de garotos adolescentes com o maxilar contraído de amargura.

— Minha história começou de um jeito simples. Uma ficada casual, algumas saídas juntos. Sem que eu me desse conta, tinha uma gaveta para as roupas dela no meu apartamento. Então um dia, de repente, eu estava aqui. Preso em uma casa geminada em Park Slope para o resto da minha vida miserável.

O prisioneiro parou de andar bem em frente a Kyle.

— O que esse marginal fez? — perguntou ele, olhando friamente nos olhos do adolescente.

O guarda verificou sua prancheta.

— Ficou seis vezes com uma garota chamada Alison — leu ele. — Recentemente, ela perguntou "se eles estavam namorando".

O prisioneiro assobiou.

— É assim que começa — disse ele. — É assim que essa porra começa.

Ele sorriu para Kyle.

— Você sai com os amigos dela?

Kyle meneou a cabeça, constrangido.

— Por que não? — perguntou o prisioneiro. — Responda, menino!

Kyle engoliu em seco.

— É que... eu não *gosto* muito dos amigos dela.

O prisioneiro riu e bateu palmas com sarcasmo.

— Eu também não gosto dos amigos da minha namorada, mas adivinha só? Eu saio com eles todo domingo. A Sarah dá jantares semanais e convida todos eles. Eles citam *Borat* por horas e eu tenho que rir, como se fosse alguma novidade. Se não rir, a Sarah me acusa de estar sendo "antissocial". Essa é a merda da minha vida agora! Todo domingo! Um jantar com os amigos escrotos dela que ainda citam *Borat*! O que você acha disso?

Kyle tentou desviar os olhos, mas o prisioneiro segurou seu queixo e virou seu rosto para ele. Kyle sentiu o hálito quente do homem na pele.

— Você já ouviu falar de Junot Díaz? — disparou ele.

— Não, senhor — murmurou Kyle.

— Ele é um escritor — explicou o prisioneiro. — A Sarah me fez ler um livro dele. Aquela porra é tão chata que não consigo passar da página cinquenta. Só leio por cima, mas adivinha só? Eu tenho que ir até o fim daquela merda, porque ela nos inscreveu em um clube do livro e eu vou ter que falar sobre a porra do livro na frente da porra dos amigos escrotos dela. O que você acha dessa merda?

Kyle se sentiu empalidecer. Ele torceu para o prisioneiro escolher outra pessoa, mas estava na cara que o homem sentia que ele estava a ponto de desmoronar.

— Quer ver uma coisa escrota? — perguntou o prisioneiro, arregaçando a manga do suéter. — Dá uma olhada na porra desses tríceps. Olha como essas merdas estão musculosas. É por causa do pilates. Você sabe que merda é pilates? Nem eu sabia até ter uma namorada séria. Agora tenho que fazer isso toda maldita quarta-feira porque uma vez ela chorou e disse que eu precisava levar minha saúde a sério! Está escutando essa merda que estou dizendo?

Kyle mordeu o lábio, fazendo de tudo para não chorar. O prisioneiro cruzou os braços e olhou para o nada.

— Eu sonhava em fugir daqui. Simplesmente largar a Sarah e voltar a ser solteiro. Mas agora? Eu não conheço outra vida. Sou um homem institucionalizado, pura e simplesmente. Mas, mesmo que ela me soltasse, eu não saberia viver lá fora. Aonde eu iria para conhecer garotas? O Radio Bar ainda é legal? Ou está caído? Eu nem sei mais, tipo, quais são os lugares legais.

Ele deu um passo na direção de Kyle, perfurando-o com seus olhos castanho-escuros.

— A prisão muda uma pessoa — sussurrou ele. — De formas estranhas. A princípio, a rotina é enlouquecedora, mas depois de alguns anos você se acostuma. Então, em certo ponto, começa a precisar dela. Começa a ansiar pela ida mensal ao supermercado. Um novo episódio de *Mad Men* é o suficiente para fazer com que aguente um domingo. Seu mundo fica tão pequeno que cabe na cabeça de um alfinete. E a triste verdade é que você *gosta*.

Kyle sentiu uma lágrima quente descer por sua bochecha. O prisioneiro sorriu discretamente para os guardas; eles retribuíram o sorriso, assentindo com respeito.

— Bom, eu adoraria ficar para conversar — disse o prisioneiro aos garotos. — Mas preciso voltar lá para dentro e arrumar as malas. A Sarah acabou de me sentenciar a três dias no buraco.

Kyle sabia que não devia fazer nenhuma pergunta, mas não conseguiu se conter.

— O que é o buraco? — murmurou ele.

— O buraco é como eu chamo a casa da mãe dela em Connecticut — respondeu o prisioneiro. — A gente vai lá duas vezes por ano. A irmã dela vai estar lá dessa vez e a coisa toda vai ser um pesadelo da porra.

Em silêncio, Kyle observou o prisioneiro voltar arrastando os pés para dentro da casa geminada. Depois pegou o celular e terminou com Alison por mensagem.

Centro do universo

No PRIMEIRO DIA, Deus criou o céu e a terra.

— Que haja luz — disse Ele, e houve luz.

E Deus viu que a luz era boa. Então escureceu: a primeira noite.

No segundo dia, Deus separou os oceanos do céu.

— Que haja um horizonte — disse Ele.

E eis que um horizonte surgiu, e Deus viu que era bom. Então escureceu: a segunda noite.

No terceiro dia, a namorada de Deus apareceu e disse que ele andava distante ultimamente.

— Desculpe — disse Deus. — As coisas no trabalho estão uma loucura esta semana.

Ele sorriu para ela, mas ela não retribuiu o sorriso. E Deus viu que aquilo não era bom.

— A gente não se vê mais — disse ela.

— Não é verdade — retrucou Deus. — Fomos ao cinema na semana passada.

E ela disse:

— E eis que isso foi *mês* passado.

Então escureceu: uma noite tensa.

No quarto dia, Deus criou as estrelas para separar a luz da escuridão. Ele estava quase terminando quando olhou para o celular e percebeu que eram quase nove e meia da noite.

— Porra — disse Ele. — A Kate vai me matar.

Ele terminou a estrela em que estava trabalhando e voltou de táxi para o apartamento.

— Desculpe pelo atraso!

E eis que ela sequer respondeu.

— Está com fome? — perguntou Ele. — Que haja iogurte!

E ali apareceu aquele iogurte estranho de baixa caloria que ela gostava.

— Isso não vai funcionar desta vez.

— Olhe — disse Deus. — Eu sei que você está passando por um momento difícil, mas este é só um trabalho temporário. Assim que eu pagar meus empréstimos estudantis, vou arranjar algo menos pesado.

E ela disse a Ele:

— *Eu* tenho um emprego de tempo integral e mesmo assim *eu* acho tempo para você.

E Ele disse a ela:

— É, mas o seu emprego é diferente.

E eis que Ele percebeu imediatamente que cometera um erro terrível.

— Você acha que o meu emprego é menos importante que o seu? — questionou ela.

— Não! — exclamou Deus. — Claro que não! Eu sei como é difícil trabalhar em vendas. Fico muito impressionado com o que você faz!

— Hoje eu tive que falar com quatorze compradores porque estamos na Fashion Week. E não tive nem tempo para *almoçar*.

— É muito difícil mesmo. Você trabalha muito.

— Como você sabe? Você nunca me pergunta sobre o meu dia! Só fala do seu trabalho por horas e horas, como se fosse o centro do universo!

— Que haja massagem nas costas — disse Deus.

E Ele começou a fazer massagem nas costas dela.

E ela disse a Ele:

— Será que você poderia tirar folga amanhã?

E Ele disse a ela:

— *Você* não precisa trabalhar amanhã? Achei que era a Fashion Week.

— Vou dizer que estou doente.

E Deus teve vontade de dizer a ela: "Se o seu trabalho é tão importante, como você pode simplesmente tirar folga sempre que tem vontade?"

Mas Ele sabia que era uma má ideia. Então Ele disse a ela:

— Tenho folga no domingo. Podemos sair no domingo.

No quinto dia, Deus criou os peixes e as aves para nadar no mar e voar pelos ares, cada um de acordo com sua espécie. Então, para ganhar uns pontos, Ele fechou a porta do seu escritório e ligou para Kate.

— Que bom ouvir sua voz — disse ela. — Estou tendo um dia horrível.

— Conte tudo — pediu Deus.

— A Caitlin vai dar uma festa para a Jenny na semana que vem, mas a Jenny está, tipo, agindo de forma muito estranha e eu nem sei se vai rolar.

— Que loucura — comentou Deus.

E ela continuou a contar sobre as amigas, que disseram coisas cruéis umas sobre as outras, conforme sua espécie. E, enquanto ela repetia algo que a Jenny dissera à Caitlin, Deus teve a ideia para criaturas que andam sobre a terra, mas não conseguia sair do telefone, porque a Kate continuava falando. Então Ele cobriu o fone e sussurrou:

— Que haja elefantes. — E houve elefantes, e Deus viu que eles eram bons.

Mas eis que ela o ouvira criar os elefantes.

— Ah, meu Deus! — exclamou ela. — Você não está nem me ouvindo.

— Kate...

— É tão óbvio! Você liga mais para essa sua coisa idiota de planeta do que para mim!

Deus queria corrigi-la. Não era só um planeta que ele estava criando; era um universo inteiro. Mas ele sabia que seria uma má ideia falar algo do tipo naquele momento.

— Kate — disse Ele. — Desculpe, está bem?

Mas eis que ela já tinha desligado na cara Dele.

No sexto dia, Deus avisou no trabalho que estava doente e surpreendeu Kate em sua loja em Chelsea. Ela estava nos fundos, lendo uma revista.

— O que você está fazendo aqui? — perguntou ela.

— Eu faltei ao trabalho. Quero passar o dia com você.

— É sério?

— *É sério.*

E ela abriu um sorriso tão alegre que Ele soube que tinha tomado a decisão certa.

Eles compraram cervejas na mercearia e beberam em um banco no Prospect Park. E Kate lhe mostrou uma brincadeira que sua amiga Jenny tinha lhe ensinado, chamada O Que Você Prefere?.

— Não sei se quero brincar disso — falou Deus, mas ela O obrigou a brincar mesmo assim, e, depois de algumas rodadas, Ele viu que era bom. Eles passaram a tarde brincando, rindo das respostas um do outro. Quando o tempo esfriou, Deus esfregou os ombros dela e ela beijou Seu pescoço.

— Sabe o que eu meio que quero fazer agora? — disse Kate.

Deus ficou tenso.

— O quê?

— Ver um filme.

E Deus riu, porque era exatamente o que Ele queria fazer.

Eles decidiram assistir a *Os Muppets* porque tinham ouvido falar que era bom. Eles se divertiram muito, e, quando terminou, Deus pagou um táxi para eles não precisarem passar a noite inteira esperando a linha L do metrô.

— Eu te amo — declarou Kate, quase dormindo no banco de trás. — Eu te amo muito.

— Eu também te amo — disse Deus.

E os dois viram que isso era bom.

No sétimo dia, Deus pediu demissão. Ele nunca terminou a construção da Terra.

Oficina de Reparo
de Namoradas

— Max? *MAX*.

Max virou a cabeça para o Dr. Motley.

— Sim?

— A sua namorada estava falando algo muito interessante. Sobre você não a ouvir. Você estava... ouvindo?

Max suspirou.

— Desculpa — admitiu ele, e suas bochechas rechonchudas coraram de vergonha. — Eu devo ter me desligado.

— Inacreditável — comentou Karen. — Mesmo aqui, durante *a sessão*, ele é tão egocêntrico que não consegue nem prestar atenção em mim por cinco minutos!

O Dr. Motley examinou Max através de seus óculos de armação grossa.

— Você acha que existe alguma verdade no que ela está falando?

Max assentiu a contragosto.

— Pode ser.

Com o canto do olho, viu Karen abrir um sorriso de satisfação. Ele se deu conta de que não a via sorrir havia meses.

— Você sempre teve esse problema? — perguntou o Dr. Motley. — Essa tendência a "se desligar"?

Max hesitou, sem saber como responder. Ele se desligava desde a infância, mas só no começo do namoro com Karen que seu desligamento havia sido classificado como um problema. Ele era designer de softwares, e se desligar lhe proporcionara seus melhores trabalhos. Desligando-se, tinha aperfeiçoado algoritmos e sistemas à prova de vírus. O desligamento tinha pagado pela casa que ele dividia com Karen, a viagem de dez dias dos dois para o Havaí e a sessão de terapia na qual estavam naquele momento.

— *Max?*

Ele engoliu em seco e ergueu o rosto. O Dr. Motley e Karen estavam trocando um olhar ardiloso.

— Eu estava perguntando — disse o Dr. Motley, com a voz um pouco tensa — se há algum problema que *você* gostaria de abordar.

Max soltou um longo suspiro de derrota. Em sua mente, só havia um problema no relacionamento: após dois anos, sem razão aparente, Karen tinha começado a ser cruel com ele. Era como se uma chave tivesse sido ligada no cérebro dela. Um dia, ela estava elogiando sua barba, preparando uísque com soda para ele e perguntando sobre seu trabalho. No dia seguinte, ela revirava os olhos para suas piadas e se retraía sempre que ele tentava beijá-la. Quando perguntou qual era o problema, ela ficou ofendida. O problema, insistia ela, era dele: simplesmente não sabia como fazê-la "se sentir amada".

— Me diz uma coisa — pressionou o Dr. Motley. — Por que você concordou em vir aqui?

Max baixou os olhos. A verdade era que, secretamente, ele tinha ido para que provassem que ele estava certo. Presumira que uma terceira pessoa como testemunha (sobretudo um homem) daria uma olhada nos fatos e o declararia inocente. Sua namorada seria diagnosticada com algum problema mental: depressão, talvez, ou algo relacionado à menstruação. Ela receberia algum tipo de pílula. E depois tudo voltaria a ser como era, no começo, antes de Karen enlouquecer.

— Para esse relacionamento dar certo — dizia o Dr. Motley —, você terá que começar a prestar atenção nas necessidades dela. Karen vem se sentindo vulnerável há meses e você não fez nada para reconhecer isso.

— Eu tenho tentado — insistiu Max —, mas sempre que pergunto o que há de errado com ela...

— *Não há nada de errado com ela* — interrompeu o Dr. Motley. — É isso que você precisa entender. Sua namorada não precisa de "conserto". Ela só precisa que você a *escute*. E vai ser necessário muito esforço da sua parte para aprender a fazer isso.

Ele olhou para o relógio.

— Temos pouco mais de vinte minutos restantes. Karen, se você não se incomodar, eu gostaria de ter um momento a sós com Max. Acho que ele se beneficiaria de um tratamento individualizado.

— Eu entendo — disse Karen.

Max detectou uma leve arrogância no andar dela ao sair do consultório. Ele fechou os olhos quando a porta pesada se fechou, prendendo-o ali dentro.

— Uísque?

Max abriu os olhos e pigarreou. Para sua surpresa, o terapeuta estava servindo dois copos.

— Não sei — disse Max, desconfiado.

— Qual é? — provocou o Dr. Motley. — Não seja covarde.

Max pegou um dos copos e observou em um silêncio atônito seu terapeuta beber o outro.

— Cara — disse o Dr. Motley —, aquela sua namorada é *maluca*.

Max ficou totalmente imóvel, sem saber como reagir. Será que aquilo era algum tipo de teste psicológico?

— Credo — disse o médico. — Pode se acalmar, OK? Eu estou do seu lado.

Max estreitou os olhos para ele.

— Está?

— Claro que estou! Você não acreditou mesmo naquela babaquice que eu disse, não é?

Uma onda de alívio invadiu Max lentamente e ele deu uma risada infantil.

— Não! — exclamou ele. — Nem uma palavra!

Ele tomou um gole de uísque e o médico completou seu copo.

— Bebe — disse ele. — Essa sessão está custando uma fortuna, o mínimo que você merece é uma dose.

Max tomou outro gole e sentiu seus músculos começarem a relaxar. Ainda eram onze da manhã e ele já estava relativamente bêbado. Fechou os olhos, deixando seu corpo afundar prazerosamente na poltrona de couro.

— Mas não estou entendendo. Por que você disse que ela estava certa sobre tudo?

O médico deu uma risada rouca.

— Para fazer com que ela saísse da sala!

Max riu com ele.

— Então o que devo fazer? — quis saber Max. — Simplesmente terminar com ela?

— É o que eu faria — respondeu o Dr. Motley. — Mas não gosto muito de namoros. Desde a faculdade prefiro as putas. Sem frescura, sem confusão, sabe?

Max terminou sua bebida e suspirou.

— O problema é que eu não quero perder a Karen. Digo, eu sei que as coisas têm sido difíceis nos últimos tempos... mas eu ainda a amo.

O Dr. Motley tirou um cartão de visitas do bolso.

— Nesse caso, existe uma solução.

Max pegou o cartão e examinou o texto.

Oficina de Reparo de Namoradas
Rua 45, 35 oeste
Aberta até tarde

— Pergunta pelo Han — indicou o Dr. Motley. — Ele é o cara.

Max encarou o médico.

— Isso é alguma piada?

O Dr. Motley fez um gesto grandioso, indicando seu consultório.

— *Isso* é.

— Ainda bem que nós o conhecemos — comentou Karen. — Agora você finalmente pode começar a trabalhar os seus problemas.

— É — concordou Max, tentando enxergar uma placa da rua ao lado.

RUA 46. Estavam quase chegando.

— Aonde a gente está indo? — perguntou Karen.

— Só preciso resolver uma coisa.

— Agora?

— Só vai levar um segundo. Ali... Ali está!

Ele apontou animadamente para uma lojinha escura adornada com um letreiro fluorescente.

— O que significa ORN? — perguntou Karen.

— É... ãhn... Oficina de Rádios Nacionais. Preciso comprar uns transístores novos para um projeto.

Karen revirou os olhos.

— Vou esperar aqui fora.

Max engoliu em seco, ansioso.

— Talvez demore um pouco. Por que você não entra comigo? Está muito frio aqui fora.

Karen suspirou e entrou na loja com Max.

O interior era pequeno e tinha poucos móveis: apenas uma mesa, duas cadeiras e uma caixa registradora.

— Que lugar é esse? — perguntou Karen, cruzando os braços com desconfiança.

Max sentiu suas axilas começando a transpirar. Após alguns segundos tensos, um asiático baixinho saiu de trás de uma cortina vermelha.

— Ah — disse ele. — Você Max?

Max assentiu, e Han lhe deu um aperto de mão educado, ignorando Karen por completo.

— Eu sou Han Woo. Mecânico. O Dr. Motley mandou você, né?

— O que está acontecendo? — perguntou Karen. — Que lugar é esse?

Sem a mínima hesitação, Han enfiou o indicador no olho esquerdo de Karen.

— Ai, meu Deus! — gritou Max. — Que porra é essa?

— Está bem, está bem — garantiu Han. — Viu?

Max olhou para Karen. Ela estava petrificada, dura como um manequim.

— O que você fez? — perguntou ele, com a voz aguda de pânico. — O que você fez com a minha namorada?

— Eu só a congelo — respondeu calmamente Han. — Viu?

Ele agitou a mão diante dos olhos de Karen. Max notou que suas pupilas permaneceram rigidamente centradas.

— Como foi que você...?

Han o ignorou e tirou uma chave de fenda do bolso. Max observou horrorizado Han pressionar gentilmente a ponta na testa de Karen, aplicando pressão em uma pequena pinta perto do cabelo. Houve um clique semelhante ao da mudança de marchas em uma bicicleta, e depois o couro cabeludo de Karen se abriu.

Max gritou, mas seu horror logo se transformou em fascínio. Não havia sangue, nem cérebro, nem gosma, apenas uma rede de fios e microchips. Aquilo lembrava uma placa-mãe de computador.

— Aqui está problema — avisou Han, apontando para um amontoado de transistores. — Solto, viu?

Max espiou a cabeça da namorada ansiosamente. De fato, parecia haver alguns fios soltos.

— Ela tem sido má? — perguntou Han.

Max assentiu, perplexo.

— Como você sabe?

— Ela deve dizer "Não sinto amada" ou coisa assim.

— Sim! Ela disse exatamente isso!

— Não preocupe — disse Han. — Eu conserto.

Admirado, Max observou o mecânico começar a trabalhar, substituindo fios, soltando circuitos, apertando pinos. Em certo ponto, ele girou um parafuso no sentido horário e os lábios de Karen simultaneamente se abriram em um sorriso. Após cerca de uma hora, ele havia terminado. Guardou suas ferramentas, fechou o couro cabeludo de Karen e foi calmamente até a caixa registradora.

— Quarenta mil dólares — disse ele.

Max empalideceu.

— Como?

— Quarenta mil — repetiu Han. — Mais cinco mil por taxa de indicação do Dr. Motley.

— Não sei se posso pagar isso — murmurou Max.

— Confia mim. Vale.

Max assentiu a contragosto e entregou seu MasterCard. Assim que passou, Han entregou a Max o recibo e depois enfiou novamente o dedo no olho de Karen.

Max prendeu a respiração quando as pupilas de sua namorada recuperaram o foco aos poucos.

— Amor? — sussurrou ele. — Você está bem?

Ela lhe deu um beijo caloroso na bochecha.

— Estou ótima, amor. Conseguiu o que estava procurando?

— Sim. Acho que sim.

Ela pegou a mão dele e o levou para o sol lá fora.

— Sabe — disse Karen —, acho que aquele terapeuta não sabe do que está falando.

Max arregalou os olhos.

— Sério?

— É. Eu tenho sido muito cruel com você nos últimos tempos, sem motivo. Você não merece isso. Vamos voltar ao que a gente era antes.

Max ia responder e percebeu que estava chorando.

— Eu te amo muito! — declarou ele.

Karen riu e beijou alegremente seu nariz.

— Eu também te amo!

Dali em diante, tudo ficou perfeito.

A aventura da gravata
de bolinhas

Na última vez que visitei meu amigo, o Sr. Sherlock Holmes, era uma fria noite de inverno. Encontrei o grande detetive em sua pose habitual, debruçado sobre a escrivaninha, com um cachimbo fumegante na mão. Ele olhou para mim com frieza.

— Vejo que não teve muita sorte na corrida de cachorros — comentou ele.

Fiquei boquiaberto, pois tinha de fato perdido a soma de quatro libras no Estádio Wimbledon Greyhound.

— Como adivinhou? — perguntei, sem acreditar.

— Não adivinhei nada — respondeu Holmes. — Todas as minhas conclusões são baseadas em simples dedução.

Ele apontou para uma mancha verde-viva na perna de minha calça.

— Essa mancha só pode ter sido produzida por um tempero em conserva — disse ele. — E esse condimento só é servido com salsichas alemãs. É óbvio, portanto, que você comeu esse prato recentemente.

— Faz sentido — concordei. — Mas como soube que comi as salsichas alemãs logo na corrida de cachorros?

— A que outra conclusão eu teria chegado, dada a localização da mancha? Está na parte inferior da perna da sua calça. Você claramente comeu de pé. É uma comida de estádio. E o único estádio aberto durante esta estação é o de corrida de cachorros.

Balancei a cabeça, admirado. Embora tivesse passado décadas registrando os feitos do grande homem, eu ainda ficava perplexo com sua destreza dedutiva.

— Mas como você soube que eu *perdi dinheiro* na corrida? — implorei.

Ele revirou os olhos, como se a pergunta fosse simples demais para merecer uma resposta.

— Seus ombros estão molhados de chuva. E vejo pelo desgaste dos seus mocassins que andou uma boa distância. Certamente, se tivesse dinheiro à disposição, teria pagado uma carruagem de aluguel para trazê-lo de volta a Londres. Portanto, é lógico que a corrida, como se diz, deixou você liso.

Eu ri com gosto.

— Sempre parece simples quando você me explica! — exclamei.

— Tudo é simples quando se vê as coisas através das lentes da dedução racional.

Olhei de relance para a escrivaninha dele, que estava coberta por uma pilha alta de papéis.

— Posso perguntar por que me chamou?

— Vou precisar de sua assistência para resolver um caso incomum — respondeu ele.

Eu sorri.

— Tem alguma coisa a ver com o recente sequestro do primeiro-ministro?

— Na verdade, é um assunto pessoal. Algo sobre Alyssa.

— Ah — falei.

Alyssa era a namorada de Holmes. Eles estavam juntos havia vários meses. Pessoalmente, eu nunca gostara da companhia daquela mulher. Em minha opinião, ela era muito grosseira com Holmes. Por exemplo, só expressava interesse por seus casos quando celebridades, como a família real, estavam envolvidas. E ela raramente exibia qualquer afeto por ele a não ser que estivesse lhe pedindo dinheiro. Mesmo assim, apesar dos incríveis poderes de observação de Holmes, ele parecia ser incapaz de perceber os defeitos de Alyssa. Com frequência se referia a ela como seu "anjo", um termo que eu considerava estranhamente figurativo para um homem com sua inclinação científica.

— Eu estava olhando a bolsa que ela trouxe para dormir aqui — explicou Holmes. — E encontrei esta gravata de bolinhas no fundo.

Examinei a gravata à luz do lampião a gás de Holmes. Estava manchada com o que parecia batom.

— Esta gravata não é minha — disse Holmes. — E mesmo assim, por razões que ainda não compreendi, apareceu dentro da bolsa dela.

Eu assenti, constrangido.

— Humm — falei. — O que você concluiu?

— Ainda não solucionei o enigma — confessou ele.

— Será que não é melhor perguntar a ela? — sugeri. — Onde ela está?

— Com o personal trainer, Jeremy. Eles se encontram nas noites de segunda, quarta e sexta. Para o dedão dela.

— O dedão?

— Sim, ela torceu o dedão tricotando.

Olhei para ele com uma expressão cética.

— Isso não foi há, tipo, dois anos?

— Sim — respondeu.

— Não acha que é muita terapia para um dedão?

— Bom, ela teve uma torção muito grave no dedão — explicou Holmes. — Jeremy disse que a reabilitação pode levar anos. E os exercícios que ele a obriga a fazer são vigorosos. Quando ela volta das sessões, está sempre exausta e grogue. Em geral, vai direto para o banho e depois para a cama. Às vezes ela dorme por mais de doze horas.

Houve uma longa pausa. Esperei pacientemente que o detetive chegasse ao que para mim era uma conclusão óbvia, mas era como se as engrenagens de seu maquinário dedutivo tivessem emperrado.

— Talvez alguém esteja contrabandeando peças de roupa para dentro do Império Britânico para evitar a tarifa sobre tecidos — sugeriu ele. — E as esteja colocando dentro da bolsa de Alyssa.

— Não sei se procede.

— Não é a primeira vez que encontro uma peça masculina em sua bolsa — continuou ele. — Também já encontrei meias. Grandes. O tipo de meia que um homem grande usaria. Um homem grande e atlético.

— Como um personal trainer?

— Eu me pergunto se Moriarty está envolvido — disse ele, ignorando-me. — Aquele criminoso covarde é o tipo de homem que perpetraria um esquema de contrabando!

— Acho que isso não tem nada a ver com Moriarty.

— Espero que não. Eu detestaria vê-lo enredar minha doce Alyssa em um de seus planos malignos. A vida dela já é dura o bastante. Ora, na noite passada ela descobriu que vai ter de passar nove dias em um retiro de terapia para o dedão.

— Um o quê?

— Sabe como é — continuou ele. — Um desses retiros de dedão que existem agora, para quando as pessoas têm problemas com os dedões.

— Acho que isso não existe — retrucou ele.

— Claro que existe — disparou Holmes. — Alyssa está indo para um.

— Jeremy vai viajar com ela?

— Claro. Ele é o personal trainer dela. Faz sentido.

— Onde é o retiro?

— Aruba.

— Por que lá?

— Faz sentido — repetiu ele.

Ele pegou a seringa e se injetou com cocaína líquida.

— Nossa — falei. Pela viscosidade do soro, percebi que era mais forte que sua habitual "solução a sete por cento". — Qual era a concentração daquilo?

O detetive me ignorou. Ele tinha começado a andar rapidamente pelo apartamento, com as mãos ossudas se contraindo.

Eu estava considerando contar a ele algumas de minhas deduções sobre Alyssa quando bateram suavemente à porta. Era ela. Sua testa, percebi, estava úmida de suor e ela tinha um sorriso sereno no rosto.

— Querida! — exclamou Holmes. — Como foram seus exercícios para o dedão?

— Meus o quê? — respondeu ela.

— Seus exercícios para o dedão — repetiu ele.

— Ah. Certo. Foram bons. Ouça, eu preciso de um dinheiro para aquela viagem.

— Claro — concedeu Holmes. — Faz sentido.

Ele enfiou a mão na carteira e tirou um grosso maço de notas.

— Faz sentido — murmurou ele, mais para si mesmo que para qualquer outra pessoa.

Olhei pela janela. Um homem de ombros largos vestindo roupa esportiva estava na esquina da Baker Street com um sorriso malicioso no rosto.

Alyssa embolsou o dinheiro, soprou um beijo para Holmes e depois desceu a escada correndo. Pela janela, eu a vi atravessar a rua e pular nos braços musculosos do amante.

Holmes voltara a sua escrivaninha segurando a gravada de bolinhas.

— Talvez tenha sido Moriarty — repetiu ele.

Sentei-me ao lado de meu amigo e lhe dei um tapinha nas costas.

— Talvez — falei.

Sexceções para Celebridades

— MINHA AMIGA JENNY me ensinou uma brincadeira divertida — comentou Kim. — Chama-se Sexceções para Celebridades.

Chris revirou os olhos.

— Ah, vai — disse Kim, puxando a manga dele. — Juro que é divertida.

— Tudo bem, tudo bem. Como funciona?

— A gente escreve o nome de três celebridades, e, se um dia encontrar uma delas, pode ter um caso. Elas são nossas *sexceções*. Entendeu?

Chris deu uma risadinha.

— Parece uma armadilha.

— Não é!

— Sério? — disse Chris. — Você não vai ficar com ciúmes? Independente das atrizes que eu escrever?

— Não vou ficar com ciúmes. Prometo.

Ela estendeu a mão de brincadeira e Chris deu um aperto com relutância.

— Tudo bem — disse ele, forçando um sorriso. — Vamos brincar.

Kim soltou um gritinho e correu para a cozinha. Ela voltou segundos depois com dois blocos de papel e uma caixa fechada de canetas esferográficas.

— Você se preparou mesmo para esse momento — brincou Chris.

Ela tirou o relógio e o colocou sobre a mesinha de centro.

— Você tem cinco minutos — avisou ela em um tom sério. — E depois seu tempo acaba.

— Você é quem manda.

Ele olhou para o bloco e suspirou. Era óbvio que aquilo era um teste da Kim. Ela estava se sentindo pouco à vontade com alguma característica física: os seios, a bunda ou sabe Deus o quê. Se colocasse mulheres que fossem melhores que ela em qualquer categoria física, ela passaria dias furiosa com ele. O único jeito de sair daquela confusão era ser o mais eclético possível nas escolhas. Assim, as respostas não revelariam nada sobre suas preferências.

— OK — disse ele após alguns minutos de intensa concentração. — Pronto.

Ela se recostou no sofá e sorriu com expectativa.

— Christina Hendricks, Gwyneth Paltrow e Tina Turner.

Kim ergueu as sobrancelhas.

— Tina Turner?

Chris deu de ombros.

— Ela sempre me atraiu.

— Tudo bem — disse Kim alegremente. — Com isso, eu concedo a você essas sexceções.

Chris suspirou de alívio. Não tinha sido fácil, mas ele conseguira passar no teste. Estava a ponto de ligar a televisão quando Kim o cutucou com o pé.

— Não quer ouvir os meus?

— Ah, é. Me desculpa. Vá em frente.

Ela respirou fundo.

— Brad Pitt, Leonardo DiCaprio... e Sam Magdanz.

Chris estreitou os olhos para ela.

— O quê?

— Sam Magdanz — repetiu. — Seu irmão, Sam Magdanz.

— Mas... o Sam não é uma celebridade.

— Ele já participou do *Roda da Fortuna* uma vez.

— Isso foi há, tipo, oito anos. E ele nem ganhou. Acho que ficou em terceiro lugar.

Houve uma longa pausa.

— Chris, precisamos conversar.

Desejos

CLAIRE ESTAVA SUBINDO a escada para seu apartamento quando sentiu um cheiro de fumaça. Ela tossiu algumas vezes e acelerou o passo ansiosamente. Quando chegou ao seu andar, estava com os olhos ardendo. O corredor havia sido tomado por uma fumaça arroxeada.

Ela bateu na porta de casa em pânico.

— Gabe!

O namorado não respondeu. Claire revirou a bolsa, encontrou a chave e abriu a porta. Através da névoa, ela distinguiu a silhueta magra de Gabe. Ele estava sentado no sofá com um estranho recipiente de bronze na mão.

— Querida! — exclamou ele. — Uau... você chegou cedo.

— Por que está tão enfumaçado aqui? — perguntou ela. — O que você está segurando?

Gabe hesitou.

— É uma lâmpada mágica.

— O quê?

— É sério — disse ele. — Aqui, vou mostrar.

Ele esfregou a lâmpada e saiu fumaça pelo bico. Claire observou as plumas roxas se mesclarem, formando uma criatura gigantesca e musculosa. Ele usava um turbante vermelho-vivo, correntes de ouro e uma longa barba preta.

— Diga seu desejo! — vociferou o gênio em um barítono estrondoso. — E o Grande Mumbafa irá realizá-lo.

— Ah, meu Deus! — exclamou Claire, sentando-se ao lado do namorado. — Onde você arranjou isso?

— No eBay — respondeu Gabe. — Achei que era só uma lâmpada comum, mas aí esse gênio apareceu.

— Isso é incrível!

— Não é? A gente tem dois desejos e pode usar para o que quiser. Paz mundial, cura do câncer...

— Espera aí — disse Claire. — *Dois* desejos? Gênios não concedem três?

— Acho que normalmente são dois.

— Sério?

— É — confirmou Gabe. — Tenho quase certeza de que são dois.

Uma torneira foi aberta de repente na cozinha.

— O que foi isso? — perguntou Claire. — Tem mais alguém aqui?

— Sim! — disse Gabe. — Esqueci de contar. Ãhn... a Marisa Tomei está aqui.

— Quem?

— Marisa Tomei.

— O que ela está fazendo aqui?

— Bom, o carro dela quebrou. Em frente ao nosso prédio. Então ela precisou entrar para ligar para o seguro. Como o telefone dela também estava quebrado, ela precisava de um telefone, então eu disse: "Oi, nós temos um telefone, use o nosso telefone!"

Claire se virou para o gênio.

— Quantos desejos você concedeu a ele?

O gênio desviou os olhos.

— Grande Mumbafa fica fora disso — declarou ele.

O gênio tentou voltar para dentro da lâmpada, mas Claire a esfregou, forçando-o a sair outra vez.

— Eu *desejo* que você me conte — disse ela.

— Vocês só vão ficar com um pedido.

— Eu não ligo.

O gênio suspirou.

— Tudo bem — concedeu ele. — O número de desejos que ele tinha originalmente... era cinquenta.

— *Cinquenta*?

Claire encarou Gabe com desdém.

— Você já usou quarenta e oito desejos? Meu Deus! Todos os desejos tinham a ver com sexo, não é?

Gabe baixou os olhos para o carpete.

— O que ele pediu? — perguntou Claire ao gênio.

— Grande Mumbafa não quer falar sobre isso.

— Eu *desejo* que você me conte.

— Vocês vão ficar sem desejos.

— Eu não ligo.

O gênio suspirou outra vez.

— Bom, todos tinham a ver com sexo, obviamente.

— Todos com a Marisa Tomei?

— Os primeiros foram com a Marisa Tomei, mas ele ficou entediado. No fim, ele já tinha "perdido as estribeiras".

— Não acredito nisso! — gritou Claire.

Os olhos dela se encheram de lágrimas furiosas. Gabe tentou colocar a mão em seu ombro, mas ela o afastou violentamente. Um minuto se passou em silêncio. Por fim, o gênio pigarreou.

— Grande Mumbafa pode dizer uma coisa?

Nem Claire nem Gabe responderam. O gênio decidiu ir em frente.

— Grande Mumbafa vê isso o tempo todo. Uma mulher encontra o gênio do namorado, verifica seu histórico de desejos e surta. Mas, acredite em mim, seu namorado não é uma aberração nem nada do tipo. É que os homens são assim.

Claire revirou os olhos.

— Estou falando sério — prosseguiu o gênio. — Por que você acha que não existe paz mundial? Porque nenhum homem nunca a pede. Todos eles têm essa opção. Às vezes, Grande Mumbafa até diz: "E quanto à paz mundial? Você pode usar um dos seus muitos desejos para conseguir a paz mundial." Mas nenhum homem jamais aceita minha proposta. É sempre Helena de Troia, Nefertiti ou, por um breve período nos anos 1990, Téa Leoni.

Claire olhou para o gênio com as bochechas molhadas de lágrimas.

— É sério?

— *É sério* — respondeu o gênio.

Gabe se virou para a namorada.

— Me desculpa de verdade — disse ele. — Eu não me orgulho nem um pouco do que eu fiz.

Claire suspirou.

— Pelo menos leva a Marisa Tomei embora daqui.

Gabe marchou obedientemente até a cozinha, segurou a Marisa Tomei pelo braço e a conduziu para fora. Claire não conseguiu evitar ficar maravilhada com a beleza da atriz.

— Como ela está tão *bonita*? — perguntou ela. — Ela não tem, tipo, quase 50 anos?

O gênio assentiu.

— Até Grande Mumbafa impressionado.

Confiança

PELA FORMA COMO Meg mordia o lábio, Jake percebeu que ela estava preocupada.

— Está tudo bem? — perguntou ele.

— Sim, está tudo bem.

Ela apoiou a cabeça no peito dele.

— É que... acho, eu andei pensando... o que nós *somos*, exatamente?

Jake estremeceu. Desde que tinham começado a transar, ele sabia que essa conversa seria inevitável.

— Precisamos mesmo *definir* as coisas? — perguntou ele.

Meg deu de ombros.

— Eu só quero saber para onde isso vai. A gente está fazendo... seja lá o que está fazendo... há mais de dois meses.

Ela acariciou o couro cabeludo de Jake e abriu um sorriso doce para ele.

— Só quero ser sua namorada — declarou ela suavemente. — É um pedido tão louco assim?

Jake sorriu para ela e passou os dedos por seus cabelos. Ele havia resistido a se comprometer por muito tempo. Mas por quê? Não era como se estivesse abrindo mão de alguma coisa. A verdade era que não transava com ninguém além de Meg desde o dia em que se conheceram. Ele tinha tentado em várias ocasiões. Só que não dera certo. Se ingressasse em um relacionamento, ao menos levaria algum crédito por sua monogamia.

Ele ergueu os olhos para Meg. Ela sorria calorosamente para ele com os olhos arregalados de esperança. Ele nunca havia ficado com alguém tão doce. Meg estava sempre acariciando suas costas e massageando seu pescoço. Naquela manhã, ela lhe fizera *huevos rancheros* com cebolas extras, do jeito que ele gostava. Ela não era especialmente atraente, mas ele também não. Jake tinha sorte de ter encontrado alguém que o queria, alguém que precisava tanto dele que temia perdê-lo.

— OK — disse Jake. — Eu topo.

Ele sorriu para ela com expectativa, prevendo uma reação animada, mas Meg se limitou a encará-lo em silêncio, com uma expressão vazia. Após um instante, Jake percebeu que ela não estava respirando.

— Meg? — gritou ele. — Meg!

Ele agitou as mãos diante do rosto dela, mas não houve reação. Quando olhou para a TV, perdeu o fôlego. Ele não tinha um sistema de gravação instalado, mas de alguma forma a TV havia sido pausada. Sua sala inteira estava congelada.

— Saudações, Jake — entoou uma estranha voz metálica.

Ele se virou desesperadamente. Diante dele havia três estranhas mulheres com olhos vermelhos brilhantes e pele verde lisa. O rosto delas era anguloso e o corpo, alto e esguio. Elas estavam nuas sob as túnicas diáfanas que se colavam aos seus seios grandes e palpitantes.

— Somos alienígenas do sexo do planeta Sexo — disse a do meio. — Viemos solicitar uma orgia.

Ela estalou os dedos e as três despiram as túnicas e as jogaram longe. Uma caiu sobre a cabeça de Meg, escondendo parcialmente seu rosto petrificado.

— Nossa! — disse Jake. — Nossa, nossa... nossa.

A alienígena do meio ergueu as sobrancelhas finas.

— O que foi?

— De... Desculpa — gaguejou Jake. — Mas... eu não posso fazer isso.

Ele cobriu o rosto com as mãos e suspirou.

— Estou em um relacionamento sério.

A alienígena cruzou os braços sob os seios.

— Desde quando?

— Tipo... desde alguns segundos atrás.

— Ah — disse a alienígena. — Que pena.

Ela entreabriu os lábios, revelando uma fileira de dentes brancos e brilhantes.

— Tem certeza de que não quer fazer sexo conosco mesmo assim? — perguntou ela. — Paramos o tempo para permitir que a traição ocorra sem consequências.

— É muito atencioso da sua parte — murmurou Jake —, mas eu não posso. Eu simplesmente... Eu não sou esse tipo de homem.

— Ownn — disseram as alienígenas em uníssono.

— Posso perguntar uma coisa? — disse Jake. — Por que vocês *me* escolheram? Quero dizer, eu não sou tão bonito nem nada.

— Não enxergamos bem — explicou a alienígena do meio. — Só vemos contornos e sombras, mas nosso olfato é extremamente bem-desenvolvido.

— Então... eu sou cheiroso?

— Você cheira a *confiança*. Quando um homem está desesperado, ele exala um fedor horrível, como o de um ovo podre. Mas um homem confiante exala um aroma glorioso, como o de um filé na brasa com óleo de trufas.

Jake sorriu, orgulhoso.

— Uau — disse ele. — Nunca achei que eu fosse confiante.

— Você é — confirmou a alienígena. — Sentimos o cheiro lá da galáxia do Sexo. Assim que o percebemos, nós nos teleportamos direto para cá.

O rosto de Jake corou quando ela começou a se aproximar. Logo seus seios estavam pressionados contra o peito dele.

— Você tem certeza? — perguntou ela, umedecendo os lábios.

Jake engoliu em seco. Ele sabia que talvez nunca mais tivesse uma chance como aquela na vida, mas não era o tipo de homem que traía a namorada. Só gente horrível fazia isso.

Jake contraiu o maxilar. Ele estava determinado a resistir.

— Me desculpa — disse ele com a voz vacilante —, mas não posso ajudar vocês.

Todas as alienígenas torceram o nariz ao mesmo tempo. Ficou claro que estavam decepcionadas.

— Bem, esse é o meu telefone — disse a alienígena mais próxima, entregando a ele uma tira de papel com uns cem números escritos. — Se mudar de ideia é só nos ligar.

As alienígenas assentiram umas para as outras e desapareceram, deixando para trás um clarão de luz ofuscante. Jake cobriu os olhos doloridos. Quando tirou as mãos da frente do rosto, Meg envolvia seu corpo com os braços rechonchudos.

— Estou tão feliz! — declarou ela.

— Por quê?

— Porque... somos um casal.

— Ah, sim — disse Jake. — É. Eu também.

— Putz — disse Mitch. — Eu já estive na *mesma situação*.

Jake encarou o amigo.

— *Já?*

Mitch fez um sinal, pedindo outra rodada de cerveja.

— Alienígenas do sexo apareceram no meu apartamento há cinco anos — prosseguiu ele. — Foi logo depois que comecei a namorar com a Rachel. Tinha pelo menos umas dez.

— Nossa! Foi difícil resistir?

A boca de Mitch se curvou em um sorriso.

— Quem disse que eu resisti?

Jake arregalou os olhos, chocado. Mitch amava a Rachel. Eles iam se casar em dois meses. Como podia tê-la traído?

— Ela descobriu?

— Quem descobriu?

— A *Rachel*.

— Ah, não — disse Mitch. — Elas fizeram aquele lance de parar o tempo.

As cervejas chegaram, e Jake tomou um gole gigantesco. Ele estava se sentindo meio tonto.

— Mas como você lida com a culpa? Quero dizer, você deve ter se arrependido.

— Eu só me arrependo de não ter filmado — declarou Mitch.

Ele se aproximou e continuou com um sussurro.

— Eu não acredito em Deus — explicou Mitch —, mas às vezes, quando estou deitado na cama e a Rachel está roncando, rezo para as alienígenas do sexo voltarem.

Ele deu um soco frustrado no balcão do bar.

— Mas isso nunca vai acontecer. Com garotas como aquelas? Uma chance já é muito.

— *Huevos rancheros*!

Jake forçou um sorriso quando Meg colocou o prato na mesa. Por algum motivo, o prato estava menos apetitoso do que ele se lembrava. Corajosamente, Jake colocou uma garfada na boca, mas mal conseguiu engoli-la. Tinha um sabor vagamente amargo, como se tivesse sido feito com ovos podres.

— Está tudo bem? — perguntou Meg.

Ela começou a massagear seu pescoço, mas ele a afastou.

— Já volto — murmurou Jake.

Ele correu para o banheiro e trancou a porta. As paredes eram finas demais para arriscar uma ligação, então ele escreveu uma mensagem simples: "Mudei de ideia!" Ele digitou o telefone da alienígena o mais rápido que pôde e apertou o botão de Enviar. Levou alguns minutos, mas por fim a mensagem foi enviada.

— Está tudo bem? — gritou Meg do corredor.

— Está! — respondeu ele. — Só preciso de um minuto!

Ele fixou os olhos no telefone, mas não houve resposta. Ele releu sua mensagem para as alienígenas e franziu a testa. Provavelmente, o ponto de exclamação havia sido desnecessário.

Ele mandou outra mensagem, mais direta: "Por favor, apareçam."

Cinco minutos se passaram em silêncio. Ele ouvia os passos de Meg do outro lado da porta.

— Tem certeza de que está bem, amor? — perguntou ela.

— Estou *ótimo* — vociferou ele.

Jake mandou outra mensagem, e outra, e mais outra. Mas sabia que era inútil. Elas nunca iam voltar. Ele estava desesperado outra vez, e elas sentiam o cheiro.

O mais importante

Eu nunca admiti isso para o Alan, mas a verdade é que nunca gostei muito de nenhuma das namoradas dele. Nikki, Kendal, Jackie... todas tinham uma energia muito estranha. Elas eram superatraentes; acho que a Kendal era até modelo, mas eram muito *frias*. Elas estavam sempre exigindo presentes: joias, vestidos e férias extravagantes. E, se o Alan fizesse alguma coisa que as irritasse, elas o castigavam durante dias, ignorando suas ligações e fazendo-o se sentir um lixo. Eu sou o melhor amigo do Alan desde o jardim de infância, e sempre achei que ele merecia coisa melhor. Então, quando descobri que ele estava namorando a Madre Teresa, fiquei muito contente. Finalmente ele havia encontrado uma mulher boa e compreensiva. Uma mulher *carinhosa*. Era um verdadeiro milagre.

Eu me dei bem com a Teresa logo de cara. Ela era adorável, claro, com seu sári azul e branco, seus dedinhos nodosos e seu forte sotaque albanês. E me senti inspirado, claro, por suas décadas de devoção aos pobres do mundo. No entanto, o que mais me impressionou na Teresa foi o quanto ela amava o Alan. Para começar um relacionamento com ele, ela tivera de abrir uma exceção em seus votos sagrados, mas estava tão apaixonada que aquilo não tinha sido um problema. A partir do momento em que se conheceram, ela estava sempre no apartamento dele. Se precisava sair da cidade para começar um abrigo para pessoas com AIDS ou algo do tipo, ela lhe mandava mensagens sem parar. Quando o Alan me contou que eles iam se casar, não fiquei nem um pouco surpreso. Estava na cara que eles foram feitos um para o outro.

Como padrinho, era meu dever organizar a despedida de solteiro. Eu não sabia quais eram os limites, então almocei com a Teresa antes de planejar as coisas. Como sempre, ela foi muito legal em relação a tudo.

— Eu sei o que acontece nessas festas — sussurrou ela. — E estou em paz com isso.

Acabei alugando o salão de banquetes do Club Lime e contratando uma stripper chamada Aja.

A festa começava às dez da noite, então cheguei às nove para me certificar de que tudo estava preparado. Para minha surpresa, o Alan já estava lá. Ele tinha se sentado sozinho no bar, e terminava de tomar um martíni. Dei um tapa em suas costas e ri.

— Parece que a festa já está começando!

— É — disse ele. — É.

Percebi que ele estava meio nervoso, o que era totalmente compreensível. Alan não fazia ideia do tipo de noite que eu tinha planejado. Parte de mim desejava que a stripper fosse surpresa, mas eu não queria que meu amigo continuasse sofrendo.

— Não se preocupe — falei. — Eu conversei com a Teresa. Ela sabe que contratei uma stripper e não viu nenhum problema nisso.

— Ã-hã — disse ele. Alan não parecia estar me ouvindo. Seus olhos cruzaram com os do bartender e ele pediu outro martíni com um gesto.

— Ei — falei. — Vai com calma. A gente tem uma longa noite pela frente.

De repente, ele agarrou o meu braço.

— Preciso falar com você. — Seus olhos estavam vermelhos, como se não tivesse dormido na noite anterior.

— O que foi? — brinquei. — Está amarelando?

Eu dei um risinho, mas a expressão do Alan continuou rígida e grave.

— Preciso falar com você — repetiu ele. — Em particular.

Pedi um martíni para mim e fui com ele para uma sala mais reservada.

Alan tomou um gole do drinque e fez uma careta. Ele não costumava beber, e já estava começando a enrolar um pouco as palavras.

— Olha — começou ele —, a Teresa é ótima. Ela é meiga, ela é agradável. Sinceramente, ela parece uma *santa*.

Estreitei os olhos.

— Então qual é o problema?

Ele suspirou.

— É tão idiota e *pequeno* que eu me sinto um imbecil só de falar disso...

— Eu sou o seu padrinho. Você pode me contar qualquer coisa.

Ele ficou um tempo brincando com o palito do martíni.

— A Teresa é ótima — repetiu ele. — Ela é *incrível*. É que...

Alan desviou os olhos.

— Eu não sinto atração por ela.

— Você está falando...?

Ele assentiu.

— Sexualmente.

— Ah — falei, fazendo de tudo para agir casualmente. — Hum. Bom... quando isso começou?

— Basicamente, desde sempre — admitiu. — No começo achei que não era nada. Sabe, pensei que o relacionamento ainda era recente e a gente ainda estava aprendendo sobre o corpo um do outro. Esperei que as coisas melhorassem, mas isso nunca aconteceu.

Assenti, constrangido. A verdade é que, embora fôssemos melhores amigos havia anos, não tínhamos o hábito de falar sobre esse tipo de coisa.

— Veja só — falei —, casais têm esse tipo de problema o tempo todo. Talvez vocês só precisem ser mais... ousados.

— Esse não é o problema. Ela é *muito* ousada.

— Sério?

— É — confirmou ele, dando levemente de ombros. — Enfim, a questão é que estou com medo de a gente ser sexualmente incompatível.

— É a idade dela? — perguntei com delicadeza.

— Em parte, sim. Quero dizer, está na cara que ela é extremamente velha, mas também são certas coisas do corpo dela. Não vou entrar em detalhes, mas...

Ele ficou olhando para o nada por um tempo.

— Não vou entrar em detalhes — repetiu ele.

— Olha, casamentos são estressantes. Eu e a Julie? Mal nos *falamos* na semana anterior ao casamento. Pode acreditar, as coisas vão melhorar na lua de mel.

— Talvez.

— Para onde vocês vão, afinal?

— Para a região central da África. Ela vai começar uma colônia para leprosos.

— Ah.

Ouvi risadas a distância. O pessoal estava começando a chegar.

— Estou com medo de que ela tenha.

— O quê?

— Lepra — respondeu ele. — E se ela tiver?

Balancei a cabeça com firmeza.

— Ela não tem lepra. Digo... você perceberia.

— Perceberia? — disparou Alan. — A pele dela é toda ferrada de tantos anos no deserto. E se ela tiver *lepra*?

Ouvi o barulho de copos no salão ao lado e o som de uma música do Pearl Jam. A festa estava bombando.

— É melhor a gente ir para lá — falei.

Alan não respondeu. Ele tinha começado a andar de um lado para o outro com uma expressão de pânico.

— Não se preocupa — sussurrei. — Vai ficar tudo bem.

— Como você sabe? — gritou ele.

— Porque você a *ama*.

Alan suspirou.

— Acho que o mais importante é isso, não é? — disse ele.

— É a *única* coisa importante.

Alan parou de andar. Pela primeira vez naquela noite, algo próximo a um sorriso apareceu no rosto dele.

— Ela é maravilhosa — declarou Alan. — Sabe, hoje de manhã eu me cortei quando estava fazendo a barba e ela veio mancando na mesma hora para passar uma pomada. Quando cheguei ao trabalho, meu rosto estava totalmente curado.

— Que legal! A Julie nunca faz isso. Ela não consegue nem assistir a um episódio de *House* por medo de ver sangue.

Alan deu uma risadinha.

— A Teresa adora *House*.

Ele me olhou nos olhos e sorriu.

— Obrigado por conversar comigo. Desculpa pelo surto.

Alan terminou o drinque.

— Além do mais — continuou —, tenho certeza de que vai melhorar depois de a gente se casar. Digo, provavelmente a gente só precisa se concentrar em melhorar isso.

— É lógico — falei.

— E, mesmo que não melhore, e daí? Quero dizer, é só sexo, não é?

— Exatamente! E daí?

Uma onda de aplausos ressoou no salão ao lado.

— O-oh — falei. — Parece que a Aja chegou.

Abri um pouco a porta e observamos a stripper tirar o casaco. Ela o despiu lentamente, revelando seus ombros lisos e seus seios firmes.

Alan a encarou por um instante com o maxilar contraído.

— Vem — chamei, forçando uma risada. — Vamos acabar logo com isso.

Meu amigo soltou um profundo suspiro e me seguiu para a luz.

A última namorada
na face da Terra

— Então, aonde ele vai levar você? — perguntou Leon, tentando parecer o mais indiferente possível.

— Acho que a gente só vai jantar — respondeu Ellie. — Legal, né?

— É — disse Leon inexpressivamente. — Legal.

Ellie correu os dedos pelos cabelos ralos dele e deu um beijo alegremente em seu nariz.

— Amor, você está com ciúme? — perguntou ela.

— Não — mentiu Leon.

Ellie riu.

— Ele só quer ouvir minha perspectiva sobre a epidemia. Quero dizer, eu tenho uma perspectiva única.

— Eu sei! — disparou Leon. — Faz todo o sentido ele querer conversar com você. É que eu...

Ele baixou os olhos.

— Eu não entendo por que tem que ser na *casa* dele.

— Porque a casa dele é a *Casa Branca*.

Leon tentou virar o rosto, mas ela segurou seu queixo e o virou para si.

— Amor — disse ela —, se o presidente der em cima de mim, vou simplesmente dizer a verdade, que tenho um namorado maravilhoso que amo mais que tudo no mundo.

Leon suspirou. Ele sabia que Ellie nunca faria nada que o magoasse. Eles passaram por muita coisa juntos nos últimos três anos. Mesmo assim, era difícil não ficar paranoico quando sua namorada era a última mulher da Terra.

Ele a envolveu com seus braços finos e a apertou com tanta força que Ellie começou a rir. Leon estava prestes a beijá-la quando ela virou a cabeça de repente para a janela. Do lado de fora, o ronco de um motor soou, alto como o urro de um leão.

— Ai, meu Deus! — ofegou ela. — É o Força Aérea Um!

Ellie alisou o vestido.

— Estou bonita? — perguntou ela, dando um giro.

Leon percebeu, com um leve pânico, que ela estava usando sua roupa mais sexy: um vestido preto com as costas abertas. De perfil, ele via as laterais de seus seios. Queria lhe pedir para trocar de roupa, mas sabia que isso a deixaria furiosa.

— Você está linda — murmurou.

Ellie riu e lhe deu um beijo no topo careca da cabeça. De salto alto, ela ficava um pouco mais alta que ele.

— Não me espere acordado — disse ela ao sair porta afora.

A epidemia começou no início de 2013, poucas semanas depois de eles irem morar juntos. A princípio, Leon não sabia da imunidade dela, então tentou protegê-la do vírus, dando-lhe vitaminas e cobrindo todas as janelas com plástico. Mas, conforme as semanas passavam, o medo deles diminuiu gradualmente, sendo substituído por um otimismo cauteloso. Os cientistas do governo chegaram em dezembro, alguns dias antes do Natal, e confirmaram todas as suas esperanças. Ellie estava perfeitamente saudável, totalmente intocada pela praga.

— Então eu posso sair? — perguntou ela a um dos cientistas, um homem alto de barba que usava um jaleco branco.

— Você pode ir aonde quiser — respondeu ele com um largo sorriso. — Na verdade, eu tenho ingressos para o jogo dos Knicks amanhã à noite. Perto da quadra. Gostaria de ir comigo?

Foi quando tudo começou.

Nos meses seguintes, Ellie havia recebido mais de dez mil pedidos de casamento de bilionários, estrelas de cinema, generais, atletas e reis. Cartas de amor chegavam diariamente, um saco cheio era colocado na entrada da casa deles por um carteiro cubano atarracado que sempre parecia se demorar um pouco demais. Quando Leon e Ellie saíam, o ataque se intensificava. Mandavam tantos drinques para ela em restaurantes que era comum eles ficarem sem espaço na mesa. Quando Ellie chamava um táxi, homens saíam no tapa no meio da rua pela chance de lhe abrir a porta.

E também havia as tentativas de estupro. Ninguém tivera sucesso até o momento, graças a Deus, mas Ellie havia usado sua arma de choque tantas vezes que tinha perdido a conta. Quando Leon lhe dera a arma, ela caíra na gargalhada e o acusara de ser ridículo. A princípio, não queria nem segurar aquele negócio — ele precisava colocá-lo na bolsa para ela. Agora era tão hábil com a arma que conseguia atingir o pescoço de um homem a vinte metros de distância, às vezes durante uma conversa.

Leon frequentemente desejava poder manter Ellie trancada no apartamento para ninguém poder assobiar para ela, apertar sua bunda ou coisa pior, mas sabia que não era justo. Era uma mulher forte e confiante, e ele não tinha o direito de controlá-la. Tudo o que podia fazer era confiar nela, amá-la e torcer para dar tudo certo.

— O que foi, amor? — perguntou Leon quando ela se deitou furtivamente às quatro da manhã.

— Nada — murmurou ela.

— Querida, se aconteceu alguma coisa, você pode me contar.

Ellie suspirou.

— Ele tentou me beijar — disse ela, com o maxilar contraído de raiva. — O que dá esse direito a ele? Claro, ele é o presidente. Claro, ele tem um orbe secreto de segurança. E daí, porra?

Leon estreitou os olhos para ela.

— Ele tem *que* tipo de orbe?

Ela revirou os olhos.

— Sob a crosta terrestre. Ele construiu um tipo de bunker enorme. Tem vinte e cinco mil quilômetros quadrados, uma floresta autossustentável e mil anos de ração, blá-blá-blá. Ele me convidou a ir para lá com ele e seus cientistas. Ele quer explodir a civilização com uma bomba nuclear e começar uma "nova ordem mundial" comigo como parceira.

— Eu avisei — murmurou Leon.

Ellie lhe lançou um olhar furioso, e ele desviou os olhos, arrependendo-se do comentário na mesma hora.

— O quê? — disparou ela. — *O que* você disse?

Leon engoliu em seco.

— Sabe como é — disse ele. — Eu só quis dizer que... eu avisei que esse tipo de coisa podia acontecer.

— Nem todos os homens estão tentando me comer, OK? Alguns, e talvez isso choque você, na verdade estão interessados em mim como *ser humano*.

Leon estremeceu. Eles tiveram muitas versões diferentes dessa mesma briga. Houve a vez em que Bill Gates pediu que ela o "aconselhasse em filantropia". Ou a ocasião que o Bono a chamou para "apoiar um evento beneficente". Houve o dia em que Mario Batali queria que ela experimentasse uma "refeição de cinco pratos" ou a vez em que Cornel West a chamou para ser "convidada especial em um disco falado". Todos esses convites se tornaram tentativas de conquistá-la. Ellie havia precisado usar a arma de choque em West. Mesmo assim, sempre que Leon lhe avisava que um homem podia ter segundas intenções, Ellie ficava completamente indignada.

— Aposto que você acha que o Brad está tentando transar comigo.

Leon suspirou. Ele achava mesmo.

— Só acho um pouco interessante que o Brad Pitt, que mora na *Califórnia*, contrate uma designer de interiores do Brooklyn para decorar a casa de praia dele. Não que você não seja talentosa, você é ótima no que faz. Só acho muito *estranho* ele não contratar alguém de lá.

Ellie virou as costas para ele e apagou a luz.

— Querida — sussurrou Leon no escuro —, me desculpa.

— Boa noite.

— Amor, não faz isso.

Ele tentou acariciar seu ombro, mas ela o afastou. Não havia nada que pudesse fazer além de se retirar para seu lado da cama.

Leon pensou nos primeiros meses do relacionamento deles, um inebriante borrão de risadas, vinho e sexo. Às vezes, ela lhe mandava uma mensagem no meio da tarde, implorando que ele saísse mais cedo do escritório.

"Por favor, eu preciso de você", escrevia ela.

Ele a encontrava no quarto, já sob os lençóis, com os braços nus estendidos.

Agora era sempre ele quem implorava por sexo; e nove em cada dez vezes ela recusava. Parte do problema era exaustão. (Ellie tinha que ir ao laboratório militar cinco vezes por semana para os cientistas poderem fazer estudos em seu corpo, e, quando voltava para casa, só queria um banho.) Mas Leon sabia que não podia culpar a fadiga por tudo.

Ele olhou para Ellie. Seus olhos estavam fechados, e suas mãos pequenas, encolhidas sob o queixo.

— Eu te amo — sussurrou ele.

Ela não respondeu. Leon a observou por um instante, perguntando-se se estava mesmo dormindo.

Kayla estava no último ano do Reformatório Feminino de New Brunswick quando a epidemia começou. Como não havia nenhum homem em sua escola, ela imaginou que a praga havia afetado ambos os sexos igualmente. Ela passou dois anos sozinha em seu campus isolado, convencida de que era a última pessoa viva. Foi o tédio, acima de tudo, que a incentivou a roubar um carro e dirigir para a civilização.

— Não entendo o que as pessoas veem nela — comentou Ellie, folheando a mais recente edição da *Vanity Fair*. — Ela nem é tão bonita assim.

Leon espiava por cima de seu ombro. Como todas as revistas do mundo, a *Vanity Fair* tinha feito uma matéria de capa sobre Kayla. Nas fotos, ela usava um uniforme da prisão, revelando o colo jovem sob o macacão laranja parcialmente aberto.

— Eu até a acho interessante — admitiu Leon. — Digo, há dois anos ela foi presa por roubar lingeries. Agora está namorando o Bill Clinton.

— Ela está namorando o Bill Clinton?

— Você não sabia?

Leon lhe passou a edição mais recente da *People*, que trazia o casal posando alegremente na capa.

— Tenho certeza de que os cientistas vão querer fazer testes com ela — comentou Leon. — Não seria legal se a gente a encontrasse no laboratório?

— É — respondeu Ellie, inexpressiva. — Legal.

— Adorei o seu cabelo! — disse Kayla a Ellie, passando os dedos por ele. — Parece que, tipo, você nem se esforça.

— Obrigada — murmurou Ellie.

— É tão bom conviver com uma garota outra vez! Quero dizer, acho que você é mais uma mulher. Quantos anos você tem? Trinta e cinco?

— Trinta e um.

— Ah.

Leon pigarreou.

— Então, Kayla — disse ele —, como os cientistas estão tratando você?

Kayla revirou os olhos e fez um gesto de vômito.

— Se mais um cientista me convidar para sair, eu vou me matar.

Ellie assentiu.

— Sei como é.

— Você não sabe — disse Kayla. — Eles ficam, tipo, em cima de mim.

Houve uma longa pausa. Eventualmente, Kayla bateu palmas e deu um gritinho agudo.

— Ei! — disse ela. — A gente deveria sair para jantar! O Mario Batali quer que eu prove uma refeição de dez pratos.

— *Dez* pratos?

— Parece ótimo — comentou Leon com educação. — Talvez você possa convidar seu namorado e a gente sai junto.

Kayla fez outro gesto de vômito.

— Eu terminei com ele.

Leon ergueu as sobrancelhas.

— Você terminou com o Bill Clinton? Por quê?

— Ele era muito egoísta. Eu gosto de caras modestos, sabe? Além disso, ele era alto demais. Gosto de homens mais próximos do meu tamanho. Sabe, como você.

Leon corou e baixou os olhos. Quando ele ergueu o rosto, viu que Ellie o olhava com fúria.

— Obrigada pelo convite — disse ela —, mas estou exausta.

Kayla sorriu para Leon.

— Então acho que somos só nós dois!

Leon ajeitou a gravata no espelho.

— Como estou?

— Ótimo — disse Ellie.

Leon lhe deu um beijo na testa. De meias, Ellie era um pouco mais baixa que ele.

— Divirta-se — murmurou ela.

— Algum problema?

— Não.

Ele abriu um sorriso malicioso.

— Querida — disse ele —, você não está com ciúme, está?

Ellie forçou uma risada.

— É claro que não!

Eles se encararam em silêncio por um momento.

Depois tiraram a roupa e treparam pela primeira vez em semanas.

GAROTO PERDE GAROTA

Sou só eu?

QUANDO DESCOBRI QUE a minha ex-namorada estava saindo com Adolf Hitler, não consegui acreditar. Eu sempre soubera, de um jeito ou de outro, que ela encontraria outro namorado. Ela é inteligente, descolada, incrivelmente atraente, uma garota que não fica solteira para sempre. Mesmo assim, preciso admitir que a notícia realmente me pegou de surpresa.

Descobri sobre eles pelo meu amigo Paul. Estávamos no Murphy's Pub assistindo à Copa do Mundo. A Argentina estava jogando, e, quando deram um close na torcida, Paul deu uma risada.

— Será que vamos ver a Anna e o Adolf?!

Pela casualidade com que disse os nomes, percebi que eles já eram um casal havia algum tempo. Aparentemente, todo mundo tinha escondido a notícia de mim. Tomei um gole de bourbon e forcei um sorriso.

— É — falei. — Será que vamos ver os dois?

Os olhos de Paul se arregalaram.

— Você sabia que eles estavam namorando, não é?

— Claro! — menti. — Quero dizer, todo mundo sabe *disso*.

Naquela noite, com alguma ajuda do Facebook, juntei todas as peças. A Anna tinha conhecido Hitler alguns meses depois de terminar comigo, durante as férias em Buenos Aires. Ele estava escondido lá desde a guerra, ganhando a vida como professor de alemão. Ela o tinha visto em um café, reconhecera seu bigode e começara a conversar com ele. Eles se deram bem quase de imediato.

O relacionamento avançou rapidamente, e em poucos meses eles decidiram que ele se mudaria para a casa dela em Prospect Heights. Fiquei enjoado só de pensar que eles dividiam aquele apartamento. Eu ainda tinha uma imagem vívida de lá — o barulho do aquecedor, o cheiro da pasta de dentes dela, a maciez de seus lençóis. Ele me roubara tudo aquilo. Eu sabia que era irracional, mas era impossível não odiar o cara.

Algumas semanas depois, eu estava na festa de um amigo quando a Anna chegou com o *fuehrer*. Corri para a cozinha e fechei a porta. Eu não via a Anna desde que tínhamos terminado. O que ia dizer a ela? E o que ia dizer a Hitler?

— Você precisa pelo menos dar um oi para eles — implorou Paul. — Senão, as coisas vão ficar esquisitas.

— As coisas já estão esquisitas. Ela está namorando Adolf Hitler!

Paul me encarou com uma expressão vazia.

— E daí?

Fechei os olhos, massageando as têmporas.

— Bom, para começo de conversa, ele tem 124 anos. Isso o torna velho o bastante para ser tataravô dela.

Paul deu de ombros.

— Se você ignorar a cadeira de rodas, ele parece bem jovem.

Estiquei o pescoço para espiar pela porta bem na hora que Hitler citava uma fala de *Parks and Recreation*. Seu sotaque era bem forte, mas a Anna caiu na gargalhada mesmo assim. O som me deixou com dor de estômago. Tínhamos namorado por quase dois anos e eu não me lembrava de tê-la feito rir.

— Eu simplesmente não gosto daquele cara — sussurrei. — Quero dizer, ele assassinou milhões de pessoas.

Paul riu.

— Você não gosta dele porque ele está namorando com a Anna.

Suspirei.

— Talvez — admiti. — Mas você não acha estranho ela estar namorado justo com ele? Quero dizer, eu sou judeu, ele odeia judeus...

— Isso não tem nada a ver com você. Venha, você precisa agir como um adulto.

Ele segurou meu ombro e me empurrou para a sala de estar. Assim que a Anna me viu, correu em minha direção e me abraçou com seus braços finos.

— Como você está? — arrulhou ela.

— Ótimo! — respondi, contraindo o corpo. — Ótimo mesmo!

Hitler se aproximou na cadeira de rodas e estendeu a mão.

— Prazer — disse ele. — Adolf Hitler.

— Oi — falei, trocando um aperto de mão. — Seth Greenberg.

Os lábios pálidos de Hitler se curvaram em um sorriso.

— Greenberg? — disse ele. — O-oh!

Todo mundo riu, e minha única alternativa foi rir também. Baixei os olhos para meu copo; por algum motivo, meu bourbon já havia acabado.

— O Seth é artista — disse Anna a Hitler. — Você devia comprar alguns dos quadros dele.

Tentei protestar, mas ela me ignorou.

— O Adolf tem uma grande coleção, mas eu sempre digo que ele precisa comprar algumas peças do pós-guerra.

Eu a observei passar os dedos pelo couro cabeludo dele, massageando delicadamente a cabeça manchada e enrugada.

— Eu pintava quando tinha a sua idade — comentou Hitler, claramente tentando ser educado. — Você tem um site?

— Anda logo — incitou Anna. — Responde.

— É sethgreenbergpinturas.com — murmurei.

Hitler anotou cuidadosamente no seu caderninho de endereços. Então ele rodou até o bar, pegou uma garrafa quase vazia de Jim Beam e despejou o restante do conteúdo em seu copo de plástico vermelho.

Anna tinha cortado curto os cabelos, mas fora isso estava mais bonita do que nunca. Sua pele estava bronzeada por causa das viagens à Argentina, e seu sorriso era largo e alegre.

— Sinto saudades de você — falei, mesmo sem querer.

Ela deu um risinho.

— Seth, você está bêbado! Vamos pegar um copo d'água para você.

Ela estava indo para a cozinha, mas segurei seu cotovelo.

— Por que você está com esse cara? É só para me magoar?

Ela me afastou.

— Meu relacionamento com o Adolf não tem nada a ver com você. OK? Somos apenas duas pessoas que se apaixonaram.

— Por que você não pode me dar mais uma chance?

Eu sabia que minha voz estava enrolada, mas não conseguia parar de falar.

— Não vou mais passar tanto tempo no estúdio — balbuciei. — Vou ser mais legal com os seus amigos. Eu sou uma pessoa diferente agora, sou mais relaxado, mais divertido, sou melhor que esse Hitler!

— Seth...

— Sério, ele é horrível! Por que os outros não veem isso? Por que sou só eu?

— Seth! — sussurrou ela. — Você está passando vergonha.

Eu olhei em volta. Metade dos convidados estava me encarando.

— Me desculpa — murmurei.

Anna fechou os punhos; eu via que ela estava furiosa comigo.

— Por favor — implorei. — Eu pedi desculpas.

Ela revirou os olhos.

— Tudo bem — concedeu ela, finalmente. — Eu te perdoo.

A assombração do número 26 da rua Bleecker

O PADRE CAVALIERI SEGUROU o corrimão, esperando que a dor em seu peito passasse. Seu médico alertara para não subir escadas. Mas ele precisava insistir. Tinha um trabalho a fazer.

Ele remexeu o bolso da batina e tirou dali uma pequena pílula branca. Pensou na Eucaristia quando a colocou sobre a língua. Após um instante, a dor desapareceu.

O padre Cavalieri subiu a escada, descansando depois de cada lance. Por fim, chegou ao apartamento de Will.

— Obrigado por vir, padre — disse Will. — Desculpa, eu deveria ter avisado que o prédio não tem elevador.

— Está tudo bem, meu filho — disse o padre Cavalieri.

Ele analisou o jovem assombrado. Seu rosto era sedoso e infantil, mas seus olhos pareciam os de um velho: vazios, fundos e escuros. Era a primeira vez que o padre Cavalieri o via, mas reconheceu a expressão. Era o rosto de um homem que vira o mal.

— Entre — convidou Will.

O padre Cavalieri entrou no apartamento. Havia destroços por todo canto. Pilhas de lixo, mobília destruída.

— Meu Deus! — exclamou ele. — Um espírito maligno destruiu completamente esse lugar.

— Na verdade, fui eu — disse Will, constrangido. — Eu ia arrumar... só não tive tempo.

— Ah.

Will tirou algumas fitas de videogame do futon para que o padre Cavalieri pudesse se sentar.

— Diga, meu filho — pediu o velho padre. — Que horrores você viu?

Will começou a responder, mas foi interrompido por um zumbido alto. Seu rosto empalideceu quando ele apontou um dedo trêmulo para o outro lado do apartamento.

O padre Cavalieri se levantou e estreitou os olhos. Ali, na pia do banheiro, estava uma escova de dente elétrica cor-de-rosa. Ela ligara sozinha e vibrava alto, friccionando as cerdas duramente contra a porcelana. O padre pegou seu crucifixo e foi cautelosamente até o banheiro. Ele estava quase lá quando a escova repentinamente levitou e voou pelo ar. O padre Cavalieri ofegou quando ela passou raspando por sua cabeça e se estraçalhou contra a parede ao lado. Ele recuperou o fôlego, depois voltou a se sentar e engoliu outra pílula branca.

— Há um espírito entre nós — disse ele a Will. — Diga-me: alguém mais morou aqui?

— Só a minha namorada, Liz — respondeu Will. — Quero dizer... minha *ex*-namorada.

O padre Cavalieri suspirou. Era o que ele temia.

— Eu já vi isso antes. Essa... "Liz"... está assombrando seu apartamento.

— Isso não faz o menor sentido — disse Will. — Quero dizer, ela sequer está morta.

— Como você sabe?

Will desviou os olhos.

— Eu a sigo no Twitter — admitiu ele.

O padre Cavalieri assentiu, cansado.

— Ela pode estar viva, mas vai continuar a assombrá-lo enquanto você ainda amá-la — explicou ele.

Will desdenhou.

— Eu não a amo mais — declarou. — Nós terminamos há, tipo, três meses. Eu a esqueci *totalmente*.

— Então por que ainda está com a escova de dente dela? Qual é o sentido disso?

Will engoliu em seco.

— Olha — disse ele. — Não existe nenhuma prova de que eu esteja sendo assombrado pela Liz. Pode ser algum outro espírito.

A TV ligou sozinha de repente. O padre Cavalieri observou o poltergeist passar os canais, parando por fim em *America's Next Top Model*. Ele lançou um olhar a Will.

— Tudo bem — murmurou Will. — Provavelmente é a Liz.

Ele cobriu o rosto com as mãos.

— Por que ela não me deixa em paz?

— Talvez ela tenha assuntos malresolvidos que a impeçam de deixar esse plano — sugeriu o padre.

— Bom, nós não terminamos de assistir a *The Wire*. Estávamos na metade da quarta temporada quando terminamos. O senhor acha que tem algo a ver com isso?

— É possível — disse o padre. Ele tirou a caixa de *The Wire* da prateleira e espargiu um pouco de água benta sobre ela. — Diga-me: o que mais você tem nessa casa que pertence a ela? Objetos podem ter um grande poder talismânico.

— Não tenho nada da Liz — respondeu Will. — Eu enviei tudo para ela quando nós terminamos.

O padre Cavalieri ergueu as sobrancelhas.

— *Tudo*?

O rosto de Will enrubesceu.

— Ainda tenho uma das regatas dela — confessou ele.

— Por que você tem isso? — perguntou o padre. — Que esquisito.

— Eu sei.

— O que mais você guardou?

— Só algumas coisas aleatórias.

— Mostre.

Com relutância, Will enfiou a mão embaixo de sua cama e pegou uma caixa de sapatos gigantesca. Estava cheia até a borda com bilhetes em Post-its, cartões e fotos. O padre Cavalieri pegou a caixa, fez o sinal da cruz e enfiou a mão lá dentro. Ele a revirou por um instante e depois tirou dali uma tira de fotos em preto e branco. Nas primeiras três, Will e Liz faziam caras engraçadas. Na quarta, estavam se beijando.

— Meu filho, você precisa se livrar dessa merda. — declarou o padre Cavalieri.

— Eu sei. Eu vou fazer isso.

— Quando?

— Em breve.

— Faça agora — ordenou o padre. — Na minha frente.

Will suspirou. Ele pegou a caixa de sapatos, saiu do apartamento e a jogou pelo tubo de lixo do corredor. Quando voltou, estava com lágrimas nos olhos.

— A regata também — disse o padre Cavalieri.

— E se ela a quiser de volta? — perguntou Will.

— Ela não vai querer de volta — retrucou o padre. — O relacionamento acabou. Jogue fora de uma vez.

Will abriu sua gaveta de cuecas e pegou a peça de roupa bem dobrada. Ele a observou por um instante e depois a levou para o corredor. Após alguns minutos, como Will ainda não tinha voltado, o padre Cavalieri espiou pela porta. Will estava parado diante do tubo de lixo, pressionando a regata contra o nariz, inalando seu cheiro.

— Jesus Cristo — disse o padre Cavalieri.

Will se sobressaltou, humilhado.

— Você está cheirando essa porra? — perguntou o padre. — Isso é, tipo, a coisa mais ridícula que eu já vi.

Will baixou os olhos.

— Foi bem ridículo — reforçou o padre.

Will assentiu, infeliz. Ele respirou fundo, fez uma careta e jogou a regata de Liz pelo tubo.

— Tudo bem — disse ele quando voltaram ao apartamento. — Aquelas eram todas as coisas dela. Agora ela vai parar de me assombrar?

— Não. Você ainda precisa fazer uma coisa. Mais um obstáculo no seu caminho para a salvação.

— O quê? — perguntou Will ansiosamente.

— Você precisa desfazer a amizade com ela no Facebook.

O rosto de Will ficou pálido.

— Agora? — perguntou ele, a voz fina como a de uma criança.

— Sim, agora — disse o padre Cavalieri. — Vamos, anda logo.

O padre pegou o laptop de Will e o entregou a ele.

— Seja forte.

Will clicou no perfil de Liz e moveu o cursor até "desfazer amizade". Seu corpo começou a tremer.

— Não consigo — sussurrou ele.

— É *preciso*.

Will deu um grito de angústia ao bater o dedo para clicar. Quando a foto de Liz desapareceu, ele caiu de joelhos, escondendo o rosto entre as mãos e chorando.

— Estou orgulhoso de você — declarou o padre.

— Agora acabou? — perguntou Will em meio aos soluços. — Estou livre?

— Quase, meu filho. Ainda falta um último passo.

— Você sempre diz isso!

— É a última coisa — disse o padre. — Prometo.

— Tudo bem. O que é?

— Você precisa jogar água benta em todas as paredes, fazer três sinais da cruz... e transar com outra pessoa.

— O quê?

— Transar com outra pessoa.

Will engoliu em seco.

— Não posso fazer só as duas primeiras coisas?

— Não. Na verdade, essas coisas nem são importantes. O principal é você começar a ficar com outras pessoas. É o único jeito de acabar com o seu sofrimento.

O padre olhou para o relógio de pulso.

— São quase dez da noite. Sugiro que a gente faça um esquenta aqui e depois vá para o Floyd.

— Não sei, não — disse Will. — Não tenho muito jeito para pegar garotas.

— Como você conheceu a Liz?

Ele sorriu com nostalgia.

— Bom, a gente foi amigo por um tempo antes de começar a namorar. E depois de alguns anos a gente começou a se aproximar e logo depois passava, tipo, horas conversando no telefone toda noite...

O padre Cavalieri o interrompeu com um gesto.

— Aqui — disse ele, enfiando a mão no bolso da batina. — Vou lhe dar um livro sagrado.

Ele colocou o volume fino nas mãos de Will.

— Se chama *O jogo*. Ensina a seduzir garotas.

Will folheou o livro.

— Pavonear... NEG... isso funciona mesmo?

O padre assentiu solenemente.

— Funciona.

Ele abriu a geladeira, encontrou um fardo de seis latas de cerveja Pabst e jogou uma lata para Will.

— Vira tudo — mandou ele.

Will abriu a cerveja e tomou um gole.

— Toma uma dessas também — disse o padre, entregando a ele uma de suas pílulas brancas.

— O que é isso?

— Toma logo de uma vez.

Will engoliu a pílula, ajudando-a a descer com o restante da cerveja.

— Boa — comentou o padre. Ele pegou o laptop de Will e abriu o Spotify. — Uma música para animar. E depois a gente sai.

Ele colocou uma música da Santigold. Quando chegou o refrão, Will já começara a sorrir com relutância.

— Agora sim! — exclamou o padre, apontando para o rosto sorridente de Will. — Vai *rolar*.

Ele abriu uma Pabst e a ergueu para o céu.

— Um brinde em homenagem a partir para outra.

Will ergueu sua lata e riu.

— Amém.

Quando a ex-mulher de Alex Trebek apareceu no *Jeopardy!*

CATEGORIA: COMPROMETIMENTOS

$200
Essa mulher jurou a um apresentador de game show que ia "amá-lo e respeitá-lo" até o fim de seus dias.

$400
Essa mulher, enquanto se divorciava sem motivo de um apresentador de game show, concordou que "continuaria a ser civilizada" com ele, depois começou quase uma campanha política para virar todos os amigos mútuos contra ele.

$600
Esse apresentador de game show pagou generosamente aos advogados pelo divórcio da ex-mulher, só para depois vê-la depená-lo e quase levá-lo à falência.

$800

Esse apresentador de game show usou suas economias para realizar seu sonho de infância de ter uma casa de praia em Malibu.

$1000

A casa agora é desta mulher.

Eu vi a mamãe beijando o Papai Noel

NUNCA VOU ESQUECER a noite em que vi a mamãe beijando o Papai Noel. Na época, eu só tinha 10 anos, mas ainda tenho uma imagem vívida da cena. Minha mãe estava sob o visco e o Papai Noel estava bem ao lado dela com um sorriso em seu rosto rosado e rechonchudo. Sua barba branca como a neve brilhava ao luar e, quando a minha mãe o abraçou, seu casaco cheio de sininhos tilintou levemente.

Quando contei meu segredo na manhã seguinte, minha mãe riu e fez um carinho na minha cabeça. Meu pai continuou estranhamente silencioso. A julgar pelas suas olheiras, vi que ele tinha dormido muito mal. Ele não tinha tocado no café da manhã, e seu maxilar estava contraído com força.

Alguns anos depois, vi minha mãe fazendo sexo com o Papai Noel. Meus pais já estavam separados nessa época, mas mesmo assim foi um choque. Eu fui pegar um copo d'água quando ouvi um barulho na sala de jogos. A porta estava parcialmente aberta e, quando olhei pela fresta, eu os vi no sofá. O Papai Noel estava nu da cintura para baixo, pressionando seu corpo contra o dela. Fiquei horrorizado, mas não consegui desviar os olhos. Era bizarro demais. Eu me lembro que a bunda do Papai Noel era enorme, mas estranhamente musculosa. Sua barba estava encharcada de suor e eu via respingos se espalhando por todo canto.

Quando terminou, ele caiu em cima dela e deu um suspiro satisfeito.

— Ah, *Nick* — disse minha mãe, acariciando suas costas gigantescas e brancas com a ponta dos dedos.

Eles ficaram ali parados por um minuto, depois o Papai Noel se levantou abruptamente.

— Você já precisa ir? — perguntou a minha mãe.

— Infelizmente, sim — murmurou o Papai Noel enquanto recolocava as calças de feltro vermelho.

Ele ficou diante da chaminé por um momento com o rosto enrugado enrubescido por causa do esforço. Ele estava claramente fora de forma, e ainda não tinha recuperado o fôlego.

— Quando vou ver você de novo? — perguntou a minha mãe em um sussurro de partir o coração.

— Na mesma época, ano que vem. Eu prometo.

O Papai Noel se remexeu, desconfortável. Através de uma janela, dava para ver alguns elfos. Eles estavam parados no nosso gramado, fumando e olhando para os relógios de pulso.

— Bom — disse ele em um tom constrangido —, feliz Natal.

Fiz o melhor que pude para esquecer o incidente, e quase consegui. Mas, alguns anos depois, quando voltei da faculdade para fazer uma visita, vi os dois juntos outra vez. Eles estavam na cozinha, sentados um de frente para o outro na mesa, encarando-se. Havia um prato de biscoito e um copo de leite, mas percebi que o Papai Noel não tinha tocado neles.

— Só acho meio estranho — dizia minha mãe. — Quero dizer, você é conhecido por dar presentes. É meio que o seu trabalho.

O Papai Noel massageava as têmporas.

— Desculpa por ter esquecido o nosso aniversário — disse ele. — O que mais você quer que eu diga?

Os olhos da minha mãe se encheram de lágrimas.

— Dez anos — declarou ela. — Estamos nessa há dez anos.

Ela começou a soluçar.

— O que eu *significo* para você?

— Carolyn...

— Sou sua parceira? Ou sou apenas uma *puta*?

— Carolyn!

Eles não falaram por um tempo. O silêncio era tamanho que ouvi a rena do Papai Noel batendo delicadamente com as patas no nosso telhado. Enfim, minha mãe estendeu a mão sobre a mesa e pegou a do Papai Noel. Percebi que queria perguntar alguma coisa, mas ela demorou algum tempo para conseguir falar.

— Você ainda a ama?

— Não — respondeu ele com firmeza. — A Mamãe Noel e eu temos um casamento de conveniência. Eu disse isso a você no começo.

Minha mãe apertou a mão dele.

— Então por que você não pode deixá-la?

— Você não entenderia.

Ela retraiu a mão e cruzou os braços sobre o roupão.

— É por causa da sua imagem, não é?

— Não é por causa da minha imagem.

— Você tem medo de perder o acordo com a Coca-
-Cola.

O Papai Noel estreitou os olhos.

— Isso foi golpe baixo — disse ele. — Foi um golpe muito baixo.

— Então o que é?

— É tudo — declarou o Papai Noel. — Os elfos, as renas. Um divórcio os deixaria arrasados. Olha, Carolyn, você sabe que eu te amo. E eu vou deixá-la. Juro. Só que agora não é o momento certo.

Minha mãe tomou um longo gole de *eggnog*.

— Não acredito que essa é a minha vida — disse ela.

— Você está sendo dramática.

— Dramática? Você demorou seis meses para responder minha última carta.

— Eu recebo muitas cartas.

As narinas da minha mãe se dilataram de raiva. Ela se serviu de outro copo de *eggnog* e o tomou de um gole só.

— Não sei por que eu te amo — murmurou ela. — É como se fosse uma maldição. Ninguém merece ser tratado do jeito que você me trata. Você me beijou uma vez quando eu estava solitária. E daí? Sabia que eu perdi tudo por sua causa?

— Você está sendo irracional.

Minha mãe mordeu o lábio; eu vi que ela estava tentando conter as lágrimas.

— Já chega — declarou ela suavemente.

— O quê?

— Estou terminando com você enquanto ainda me resta o mínimo de dignidade.

O Papai Noel revirou os olhos.

— Ho-ho-ho.

— Não estou brincando — disparou a minha mãe. — Pode me cortar da sua lista.

— Credo — disse o Papai Noel. — Quanto tempo você esperou para dizer *isso*?

— Saia da porra da minha casa — mandou a minha mãe. — Agora.

O Papai Noel suspirou.

— Posso ir ao banheiro antes?

— Não.

O Papai Noel se levantou. Ele se inclinou sobre a mesa e, por um instante, achei que ia beijar a minha mãe uma última vez, mas só queria pegar um biscoito. Ele escolheu o maior e o enfiou na boca, espalhando migalhas pela barba.

— Tenha um feliz Natal então, porra — desejou ele.

Já faz anos que isso aconteceu, e meu próprio casamento fracassou. Fico com as crianças Natal sim, Natal não, e normalmente as levo para a casa da minha mãe. Todo mundo se sente sozinho durante as festas de fim de ano, mas não como ela.

Tento não falar do Papai Noel, mas no Natal ele inevitavelmente vem à tona. Nessa última vez foi culpa da minha filha. Ela tem 6 anos e ainda não tem certeza se o Papai Noel existe.

— Vó? — perguntou ela enquanto desembrulhava os presentes. — Você acredita no Papai Noel?

Minha mãe olhou minha filha nos olhos e suspirou.

— Eu acreditava, mas não acredito mais.

Jovem solteiro à procura

Você:

É uma mulher inteligente, com uma alma doce e carinhosa. Você é madura e sofisticada, mas sabe se soltar e se divertir. Seu primeiro nome é Chloe.

Eu:

Sou um cara atencioso e inteligente com senso de humor. Gosto de ficar acordado até tarde conversando sobre as grandes questões da vida. Eu tenho uma grande tatuagem permanente da palavra "Chloe" no peito por causa de um relacionamento anterior.

Homem invisível

O HOMEM INVISÍVEL ANDAVA ao lado da ex--namorada. Ela obviamente estava indo encontrar alguém. Ele percebeu porque ela não parava de checar o relógio e olhar seu reflexo nos carros estacionados.

Era possível, disse a si mesmo, que ela estivesse indo a algum tipo de compromisso de negócios. Talvez uma entrevista de emprego, ou drinques com um cliente, mas essa triste ilusão se desfez quando ela virou à esquerda na Greenwich e entrou em um restaurante marroquino escuro.

O homem invisível, cujo nome era David, observou com enjoo o acompanhante de Kat entrar. Ele parecia ser insuportável, um idiota sorridente e de rosto rechonchudo. Quando ele a cumprimentou com um beijo, seus lábios fizeram um som molhado contra o rosto dela, como o de alguém tomando sopa. Era demais para David. Ele foi para a cozinha.

Dois chefs discutiam em espanhol. Ele passou bem no meio deles, sentindo seus hálitos quentes no rosto, e encontrou o que estava procurando: a adega de vinhos. Sabia que era uma má ideia pegar uma garrafa. Se os chefs o vissem fazer isso, achariam que o objeto tinha levitado. Entrariam em pânico, gritariam e no final o governo apareceria para vaporizar todo mundo.

"Foda-se", pensou ele.

Ele pegou um Bordeaux 1993, tirou a rolha e bebeu o máximo que pôde em um único gole. Deu uma olhada nos chefs. Por sorte, não estavam olhando na direção dele.

Quando David voltou para a mesa de Kat, ela estava flertando e rindo. Ele não conseguiu entender por que até se ajoelhar no chão e olhar por baixo da toalha de mesa. O acompanhante de Kat acariciava sua panturrilha com o pé. David pensou em dar um soco na cara dele. Seria muito fácil. Era só mirar, preparar... e bum. Mas então ele se deu conta de quão assustador isso seria para Kat. Em um momento, seu acompanhante a acaricia furtivamente. Logo depois, grita apavorado com sangue jorrando do nariz. Ele não queria fazê-la passar por isso.

Kat foi ao banheiro e seu acompanhante pegou a conta. David olhou por cima do ombro do cara enquanto ele pagava, esperando pegá-lo dando uma gorjeta mesquinha, mas o cara deu sólidos vinte por cento. Era uma pessoa decente, percebeu David com infelicidade. Chato, gordo, mas decente.

David se sentou de pernas cruzadas no chão, olhando com desespero para o acompanhante de Kat. O cara estava cantarolando baixinho para si mesmo, tamborilando alegremente sobre a toalha de mesa. Estava na cara que ele tinha grandes esperanças para a segunda parte da noite. Pela primeira vez naquela noite, David se perguntou se o par já tinha feito amor. Por algum motivo, a ideia não lhe ocorrera até então.

Enfim, Kat voltou à mesa. Sua maquiagem havia sido retocada.

— Podemos ir? — perguntou ela.

— *Devemos* — respondeu seu acompanhante como um idiota.

David suspirou e saiu com eles para a noite fria de setembro.

— Bom, foi ótimo — comentou Kat.

— É — concordou seu acompanhante. — Foi ótimo!

David revirou os olhos. Eles estavam de mãos dadas, balançando os braços para a frente e para trás como a merda de um casal de adolescentes.

David havia surrupiado uma garrafa de Merlot ao sair e a bebia descaradamente, bem no meio da calçada. Se alguém percorresse a Greenwich, veria a garrafa pairar no ar e seu conteúdo desaparecer em um vão invisível.

— Quando vou ver você de novo? — perguntou Kat a seu acompanhante.

— Quanto antes, melhor.

David jogou a garrafa no chão e o casal se virou para ele.

— O que foi isso? — perguntou Kat. Ela estava a poucos centímetros de David, olhando diretamente para seu rosto com os reluzentes olhos azuis.

— Não deve ser nada — disse seu acompanhante.

Os dois compartilharam uma risada constrangida.

O olhar de David percorreu a avenida; havia um táxi vindo. Pronto, era a hora da verdade.

— Pode pegar esse — indicou o acompanhante.

— Tem certeza?

— É claro! A não ser que... você queira ir comigo.

Kat sorriu docemente para o acompanhante, claramente decidindo se dormiria ou não com ele. Era demais para David. Ele cobriu os olhos, depois se lembrou de que suas mãos estavam invisíveis. Ele se virou para uma parede de tijolos.

— Não sei — disse Kat. — Preciso mesmo voltar ao Brooklyn.

David se virou, sorrindo de alívio. Kat não ia passar a noite com ele! Provavelmente nunca passaria! Aquela era só uma noite sem importância, uma tentativa desesperada de aplacar sua solidão. Ela ainda sentia alguma coisa por ele. Era óbvio. O "término" deles fora apenas uma briga feia, algo que os faria rir em alguns anos, ou até meses. Ainda tinham um futuro juntos. David já visualizava a reconciliação entre os dois quando Kat se aproximou de repente de seu acompanhante e lhe deu um longo beijo.

— Amanhã à noite — disse ela. — Vamos passar a noite juntos.

Com horror, David viu o idiota ruborizado ajudá-la a entrar no táxi. Não havia nada que pudesse fazer além de voltar para a base.

Quando David entrou no laboratório era quase meia-noite. Ele bebeu o antídoto, colocou um roupão (havia passado a noite pelado), e foi para a sala de conferências. Os generais se levantaram quando ele entrou.

— Então? — perguntou, sem fôlego, o general Mason. — Encontrou Mahmoud?

David suspirou. Tinha sido designado para rastrear um terrorista e, se possível, eliminá-lo. Ele pretendia procurar o cara, mas acabara se distraindo.

— Não consegui encontrá-lo — mentiu ele.

O presidente dos Estados Unidos enfiou o rosto entre as mãos.

— Então estamos perdidos — declarou.

Os generais e o presidente conversaram por um tempo em voz baixa. Um ataque estava a caminho, algo a ver com bombas, mísseis ou coisa parecida. David não prestava atenção. Estava bastante bêbado.

— Temos mais trinta mililitros de soro — dizia um cientista. — São mais três horas de invisibilidade.

David relembrou sua última conversa com Kat. Ela tinha reclamado que ele andava distante, mas o que ela esperava? Ele trabalhava para um ramo ultrassecreto da CIA. Havia confiado a ela mais que a qualquer outra pessoa na terra. Seus próprios pais achavam que ele era dentista. Alguém o cutucou educadamente no ombro; quando ele ergueu o rosto, percebeu que o presidente o encarava.

— Desculpa. Devo ter me desligado. — David balançou a cabeça. — Minha namorada terminou comigo no mês passado. Um dia estava tudo bem e de repente: bum. Tipo, se eu estava fazendo alguma coisa errada, ela poderia ter me falado e eu ia tentar consertar. Eu teria me esforçado, sabe? Mas ela nem me deu essa chance.

Houve uma longa pausa.

— Agente Cinco — disse o presidente —, passamos décadas aperfeiçoando a tecnologia de invisibilidade. Quatro bons agentes morreram. O soro é ligado ao seu DNA; isso significa que não podemos substituí-lo nesta missão. Se você não pegar Mahmoud amanhã, milhares de pessoas vão morrer, talvez milhões. Nossa nação pode contar com você ou não?

David deu de ombros.

— Pode ser.

O homem invisível seguiu Kat até o La Boulange. Certa vez, ela tinha se referido ao restaurante como "nosso". Agora era o lugar *deles*: dela e de Kurt Parrola.

Não havia sido fácil descobrir o nome do cara; David tivera de enfiar um fio de cabelo dele no escâner de DNA e deixar que o rastreador de pessoas secreto do governo processasse as enzimas. Depois disso, havia passado seis horas no Google.

Kurt tinha 31 anos, a mesma idade que ele, e trabalhava para algum tipo de organização sem fins lucrativos. Tinha estudado na Wesleyan e ocasionalmente fazia aulas de comédia de improviso no Teatro Upright Citizens Brigade. David temia que ele fosse rico.

Seu ponto de ouvido invisível vibrou.

— Você localizou Mahmoud? — pressionou o general Mason.

— Ã-hã — murmurou David distraidamente.

Kat estava dando um pedaço de bolo de chocolate a Kurt. Ela estava literalmente botando o pedaço na boca dele como se ele fosse a porra de uma criança. Que merda era aquela? O que estava acontecendo?

— Você tem autoridade executiva para assassinar Mahmoud — dizia o general. — Pelos meios que forem necessários.

— É — disse David. — Ele está aqui.

O general suspirou.

— Agente Cinco, se você não matar Mahmoud nas próximas duas horas, ele vai levar os ataques a cabo e...

David tirou o ponto do ouvido, cansado da distração. Kat e Kurt estavam se levantando para sair. Se ele ia fazer alguma coisa, tinha de ser naquele momento.

Kat deu um beijo no nariz de Kurt.

— Vamos para a minha casa — sussurrou ela.

— Me parece uma ótima ideia — disse Kurt, envolvendo as costas dela desengonçadamente.

David observou horrorizado a mão dele descer cada vez mais até repousar na bunda de Kat. Kurt a apertou como se fosse seu dono e sorriu para ela.

— Já volto — disse ele.

Kurt foi na direção do banheiro, cantarolando suavemente para si mesmo. David estava logo atrás.

Kurt estava se aliviando tranquilamente quando sentiu uma mão segurar seu ombro.

— Que porra é essa?! — gritou ele, espirrando urina nas mãos. — Que porra é essa?!

— Kurt Parrola — disse David. — Você está tendo um surto esquizofrênico.

Kurt olhou para todos os lados, em pânico.

— Quem está falando?

— Eu sou uma voz dentro da sua cabeça — continuou David. — Você enlouqueceu completamente.

Ele soluçou algumas vezes. Havia começado a beber ao meio-dia e estava muito bêbado.

— Você precisa ir a um hospital.

Kurt olhou para o banheiro, desamparado, com os olhos arregalados de terror.

— O que é isso? Quem está falando?

David pegou um rolo de papel higiênico e o balançou. Kurt ficou sem ar ao ver o objeto pairando.

— Não é real — sussurrou Kurt para si mesmo. — Não é real!

Kurt começou a chorar, e David sentiu sua primeira pontada de culpa. Mas continuou, estimulado pela bebedeira e pela inveja.

— As vozes vão continuar — prosseguiu ele. — A não ser que você vá a um hospital, se interne e...

Bateram à porta.

— Querido? — disse Kat. — Você está bem?

David se sobressaltou. Ele não via seu reflexo no espelho, mas sentia que empalidecera.

— Não — murmurou Kurt. — Aconteceu uma coisa comigo... acho que estou doente!

Antes que David pudesse sair do caminho, Kat abriu a porta com força. A maçaneta bateu no cóccix dele, que soltou involuntariamente um palavrão.

— Caralho!

Os olhos de Kat se arregalaram.

— David?

David mordeu a língua, fazendo de tudo para ficar o mais imóvel possível.

— David, você está aqui?

— Quem é David? — perguntou Kurt.

— Meu ex-namorado — explicou Kat. — David, eu sei que está aqui! Eu ouvi você!

David suspirou.

— Me desculpa — murmurou ele.

Kat chutou a porta com raiva.

— Não acredito que você nos seguiu assim! — gritou ela. — Seu imbecil... tentou fazer com que ele pensasse que estava louco, não é?

David suspirou outra vez.

— Me desculpa — repetiu ele.

— Inacreditável. E também está bêbado, não é?

— Não! — gritou David um pouco alto demais.

— Você *jurou* que nunca me espionaria. Quando me contou sobre o soro, você jurou que nunca usaria comigo!

— Bom, *você* jurou que nunca ia contar a ninguém sobre o soro! E agora contou para o Kurt!

— O que você queria que eu fizesse? Que o deixasse pensar que tinha enlouquecido?

Kurt caiu no chão, soluçando descontroladamente. Suas calças estavam arriadas. Kat se ajoelhou ao lado dele e acariciou seus ombros.

— Querido, meu ex é da CIA...

— Essa informação é ultrassecreta — interrompeu David.

— Ah, vai se foder! — disparou ela.

Kat esfregou as costas de Kurt e sussurrou em seu ouvido.

— Não há nada de errado com você... meu ex é que é um idiota ciumento e patético.

— Me desculpa — murmurou David pelo que pareceu a milésima vez na noite. — Eu ainda te amo.

Kat revirou os olhos.

— Vem — disse ela a Kurt. — Vamos embora.

— Estou doente! — gritou ele.

Kat lançou um olhar de desprezo na direção aproximada de David.

— Viu o que você fez? Vou ter que dar um Valium ou coisa do tipo para ele.

Ela abriu a porta e ajudou Kurt a sair do banheiro. David observou o casal andar com dificuldade até a porta, com os braços em torno um do outro. Pouco antes de sair do restaurante, Kat girou os braços loucamente em um círculo para ter certeza de que David não estava mais atrás deles. Então pegou o novo namorado pela mão e o guiou noite adentro.

David voltou ao laboratório uma hora depois. Os generais estavam aglomerados em um canto, conversando em sussurros.

— Washington está perdida — disse um deles. — E Chicago nunca mais será "Chicago".

O general Mason olhava para um mapa dos Estados Unidos. De vez em quando, um subordinado sussurrava algo em seu ouvido e ele riscava solenemente o nome de uma grande cidade.

O presidente estava sentado em uma cadeira dobrável enquanto uma mulher o maquiava.

— O que você prefere dizer? — perguntou um redator de discursos. — "Atrocidade" ou "tragédia"?

— "Atrocidade" — disse o presidente.

A maquiadora terminou de passar pó no rosto do presidente e ele abriu os olhos.

— Ah — disse ele, reconhecendo David. — Agente Cinco. Sinto muito que as coisas não tenham saído como planejado.

David assentiu. Ele estava pensando na primeira vez que vira Kat, em um bar perto do Pentágono. Ele sequer planejava sair naquela noite; tinha acabado de terminar um turno de dezesseis horas. Mas uma voz em sua cabeça o havia feito sair para tomar uma cerveja, e Kat estava bem ali, com um vestido de um vermelho reluzente, como algo que Deus embrulhara para presente. Ele tinha voltado para casa cantando. Lembrava-se com muita clareza de pensar que provavelmente nunca mais seria tão feliz. Acabou que estava certo.

— Não é culpa sua — disse o presidente. — Você fez tudo o que pôde.

Os olhos de David se encheram de lágrimas quando o homem apertou seu ombro.

— Um novo dia nascerá — declarou o presidente. — Você vai ver.

Mas David sabia a verdade.

Era o fim da porra do mundo.

O presente

— Não estou entendendo — disse o professor Xander Kaplan enquanto sua namorada soluçava no travesseiro. — Eu achava que você gostava de tulipas.

— Eu *gosto*. É que... você compra isso para mim todo ano. Está começando a ficar meio impessoal. Quero dizer, dessa vez você não fez nem um *cartão*.

Xander se retraiu. Ela tinha razão.

— Me desculpa. Eu claramente cometi um erro.

Ele tentou pegar sua mão, mas ela a tirou de seu alcance.

— Você se lembra do que eu fiz para o seu aniversário? — perguntou ela. — Comprei aquele novo bico de Bunsen que você queria. Eu tricotei um par de meias de lã para os seus pés não ficarem frios no laboratório.

Ela cobriu o rosto com as mãos.

— Você nunca faz esse tipo de esforço por mim! — Ela chorou. — Você só pensa em si mesmo.

— Isso é incorreto — disse Xander na defensiva. — E quanto ao emiladium? Eu levei nove meses para sintetizar aquele elemento, e dei seu nome a ele.

— Você ia sintetizar aquele elemento de um jeito ou de outro — argumentou Emily. — Você precisava dele para o seu projeto "secreto", aquele orbe prateado do seu laboratório. O emiladium não teve nada a ver comigo. E sim com *você*. Quero dizer, pelo amor de Deus, você nem me conta o que aquilo *faz*.

Xander suspirou. O argumento dela era excelente.

— Posso fazer alguma coisa para me redimir? — perguntou ele.

Emily piscou para afastar as lágrimas.

— Não sei. Quero dizer... você não pode *voltar no tempo* e me comprar outro presente.

A expressão de Xander se alegrou.

— Espera aqui — pediu ele, levantando-se com um pulo. — Já volto!

Xander atravessou o corredor às pressas, entrou em seu laboratório e trancou a porta. Sua máquina do tempo estava exatamente onde ele a deixara.

Ele entrou no orbe prateado e ligou a chave. Seu plano era simples: voltar no tempo até a manhã daquele dia, encontrar um novo presente para Emily e levá-lo até o presente. Mas havia alguns riscos. Existia uma chance, por exemplo, de que a máquina fizesse o universo explodir. (Ele nunca tinha testado a coisa.) Também não havia garantia de que ele ia conseguir encontrar um bom presente. Só tinha emiladium suficiente para abastecer uma viagem de cinco minutos no tempo. Isso não lhe dava muita liberdade. Onde quer que fosse, precisava comprar com eficiência.

Em geral, Xander tinha muito talento para solucionar problemas. (Por exemplo, ele havia inventado uma máquina do tempo.) Mas a física quântica e a hidráulica nuclear eram insignificantes se comparadas às dificuldades de se comprar um presente. Ele massageou as têmporas, tentando se lembrar se Emily havia soltado alguma dica nos últimos tempos. Ele se lembrava vagamente de que ela olhara um vaso na Crate & Barrel, mas aquele lugar era cheio de vasos. Ele não ia conseguir achar o certo de jeito nenhum.

Xander estava tentando se lembrar do nome do perfume favorito dela quando um pensamento invadiu sua mente: será que estava pensando pequeno demais? Sua máquina podia transportá-lo para qualquer lugar da história da humanidade. Por que voltar algumas horas quando podia voltar alguns séculos?

Ele sabia que Emily amava Shakespeare. Ela havia feito sua monografia sobre uma das tragédias dele. Por que não voltar ao Globe Theatre e roubar para ela um manuscrito original? Não seria tão difícil, pensou. Ele só precisava correr para os bastidores e pegar um. Seria o presente mais impressionante da vida dela!

Mas sobre que tragédia Emily escrevera a monografia? Xander sabia que era uma das que tinham reis. Ricardo alguma coisa ou Carlos alguma coisa. Mas havia um monte dessas. E se pegasse a errada? Era arriscado demais.

Joias sempre eram uma boa opção. Ele sabia as datas aproximadas da construção do túmulo de Tutancâmon. Podia estacionar em frente à pirâmide, correr lá dentro e pegar uma pedra de jade. Alguns escravos hebreus provavelmente o perseguiriam, mas, assim que entrasse no orbe, ele poderia voltar para casa. Xander digitou as coordenadas e estava prestes a empurrar a alavanca quando começou a ter dúvidas outra vez. Comprar joias para mulheres era sempre arriscado. Emily tinha um gosto muito específico. E se ela não gostasse de jade? Ele não ia poder voltar para devolver.

Ele pensou na noite em que se conheceram. Estava terminando seu Ph.D. na época e seu laboratório havia fechado mais cedo por causa da Páscoa. Ele havia enfiado seus papéis na pasta e se arrastara pela chuva até a estação da rua 116. Eram quatro e cinco da manhã, e a plataforma estava deserta, com exceção de Emily. Fazia vários dias desde a última vez que Xander conversara com um ser humano. E, quando ela começou a falar com ele, causou-lhe o início de um ataque de pânico, mas o sorriso amistoso de Emily o tranquilizara. Ela estava muito alegre, dadas as circunstâncias. Seu cartão do metrô tinha expirado, disse ela, e as máquinas estavam quebradas. Estava presa ali havia mais de vinte minutos. Será que ele poderia vender uma viagem? Xander assentiu e a viu revirar a bolsa em busca de dinheiro para pagá-lo.

Ele levou um ou dois minutos para perceber que ela lhe dera a chance de ser um cavalheiro.

— Não precisa me pagar — disse ele. — Eu passo você de graça.

Emily agradeceu com entusiasmo e depois, por incrível que parecesse, envolveu-o com seus braços. Xander não estava acostumado a contato físico, e, embora o abraço tivesse sido breve, fez seu corpo inteiro formigar, da cabeça aos pés. Foi uma sensação surpreendente, como andar por um campo carregado de eletricidade. Ele ainda se sentia assim sempre que ela o tocava.

Xander era ateu e acreditava ferozmente na causalidade aleatória. Mas, no fim da viagem de metrô dos dois, ele tinha certeza de que havia experimentado um milagre. Aquela pessoa maravilhosa tinha aparecido do nada e lhe dera uma chance de amar.

E, em troca, ele lhe dera três anos de infelicidade. Ele pensou em todas as suas noites de sábado no laboratório, ignorando as ligações de Emily, arranjando desculpas. Pensou no jeito que ela chorou quando ele lhe entregara as tulipas.

Como podia compensar três anos de incompetência romântica com apenas um presente de aniversário?

Talvez a solução fosse mais simples do que pensava. Havia um lápis e um bloco em sua mesa. Xander podia voltar algumas horas e passar a manhã escrevendo um cartão para ela. Com um bilhete simples, ele diria o quanto a amava, como ficava grato quando via seu rosto sorridente.

Mas Xander não tinha muito talento para escrever. Suas frases seriam medíocres, ele sabia, como a prosa dura de suas propostas de patrocínio. Era inútil tentar.

Ele fechou os olhos e se concentrou. Tinha que haver uma resposta certa.

A coroa de Cleópatra.

A espada de Joana d'Arc.

Um bebê dinossauro.

Qual era a melhor coisa que podia dar a ela, o melhor presente do mundo? Era o problema mais difícil que ele já tentara resolver.

Mas então, como sempre, encontrou uma solução.

Xander estacionou sua máquina na rua 116 e correu para dentro do metrô. Eram três e quarenta e cinco da manhã, pouco mais de três anos antes.

Emily estava parada na roleta, passando e repassando seu cartão do metrô expirado. Xander levou um momento para reconhecê-la. Em suas lembranças, ela usava um suéter angorá justo e batom vermelho-vivo. Mas, na verdade, ela estava vestida mais casualmente. Uma camiseta, uma capa de chuva e calça jeans.

Ele respirou fundo e se aproximou de Emily.

— Me deixa adivinhar — disse ele. — Cartão do metrô expirado.

Ela deu uma risadinha.

— Como você adivinhou?

— Tive um pressentimento. Vem, eu passo você.

— Não precisa. Eu vou na máquina lá de cima ou...

— Todas as máquinas estão quebradas — disse ele, interrompendo-a.

Xander ouviu o trem se aproximar a distância.

— É melhor você pegar esse — sugeriu ele. — O próximo vai demorar vinte minutos.

Antes que Emily pudesse protestar, ele pegou seu cartão do metrô e a passou pela roleta.

Ela sorriu para ele, confusa.

— Você não vem? — perguntou quando o trem parou na estação.

Xander desviou os olhos. Ele tinha medo de começar a chorar se olhasse para ela.

— Preciso tomar outro trem.

— Bom, pelo menos me deixa pagar pelo...

— Não precisa — interrompeu ele, com a voz falhando. — É um presente.

Xander estava a ponto de virar as costas quando ela se debruçou sobre a roleta e o abraçou. Foi exatamente como ele se lembrava. Os longos cabelos castanhos roçando suavemente em seu pescoço, seu corpo inteiro formigando de calor.

— Obrigada — disse ela.

Ele tentou dizer "de nada", mas as palavras ficaram presas na sua garganta. Xander acenou quando ela entrou no trem. E então foi sozinho.

Filhos da Lama

Segundo Aristófanes, originalmente havia três sexos: os Filhos da Lua (que eram metade homem e metade mulher), os Filhos do Sol (que eram homens por completo) e as Filhas da Terra (que eram mulheres por completo). Todos tinham quatro pernas, quatro braços e duas cabeças, e passavam os dias em um contentamento enlevado.

Zeus ficou com ciúme da alegria dos humanos, então decidiu dividir todos em dois. Aristófanes chamou esse castigo de Origem do Amor. Porque, desde então, os Filhos da Terra, da Lua e do Sol vasculham o mundo em uma tentativa desesperada de encontrar suas metades.

Mas a história de Aristófanes é incompleta. Porque também havia um quarto sexo: os Filhos da Lama. Ao contrário dos outros três sexos, os Filhos da Lama consistiam em apenas uma metade. Alguns eram homens e outros, mulheres, e cada um tinha dois braços, duas pernas e uma cabeça.

Os Filhos da Lama achavam os Filhos da Terra, da Lua e do Sol completamente insuportáveis. Sempre que viam uma criatura de duas cabeças passar, falando consigo mesma com voz de bebê, sentiam vontade de vomitar. Eles detestavam ir a festas, e, quando não conseguiam se livrar do compromisso, sentavam-se em um canto, amargos e deprimidos demais para conversar com alguém. Os Filhos da Lama eram tão infelizes que inventaram o vinho e a arte para amenizar seu sofrimento. Isso ajudou um pouco, mas não muito. Quando Zeus teve seu ataque, ele decidiu deixar os Filhos da Lama em paz.

— Eles já estão fodidos — explicou ele.

Casais gays felizes descendem dos Filhos do Sol, casais lésbicos felizes descendem das Filhas da Terra, e casais heterossexuais felizes descendem dos Filhos da Lua. Mas a grande maioria dos humanos é descendente dos Filhos da Lama. E, por mais que vasculhem a Terra, nunca encontrarão o que estão procurando. Porque não há ninguém para eles, ninguém no mundo.

Transferência

Ben sempre soubera, de alguma forma, que ele podia ser transferido. Ele tinha visto isso acontecer com vários caras ao longo dos anos, incluindo alguns dos seus melhores amigos. Era parte do jogo. Mesmo assim, ele nunca havia sido transferido e estava tendo dificuldade de aceitar isso. Ele esperava que alguém lhe desse um tapinha no ombro e dissesse que tudo aquilo era brincadeira.

— Aqui estão as suas coisas — avisou Hailey, jogando uma sacola aos seus pés. — Tchau.

Ben a encarou por um instante, esperando algum tipo de encorajamento ou empatia, mas Hailey se limitou a ficar ali parada.

— Então é isso — disse Ben. — Depois de três anos e meio.

— O que você quer que eu diga? — disparou Hailey.

Ele pegou a sacola e a colocou vagarosamente sobre o ombro. Não havia nada que pudesse fazer. Quando sua namorada decide transferir você, é o fim da linha. Você está acabado.

— Eu não entendo! — gritou Ben, mais alto que o barulho do jukebox. — Achei que as coisas estavam indo muito bem.

— Não estavam — informou-lhe seu irmão, Craig. — A desgraça era iminente.

— Sério?

— Ah, sim. Sua reputação vinha caindo durante o ano todo. Você mesmo me disse que teve uma série de cinco brigas perdidas. E depois cometeu um monte de erros.

Ben assentiu com tristeza. Tinha sido *mesmo* um ano de muitos erros. Quarenta e cinco Elogios Perdidos, três Eventos Esquecidos, doze Insultos Acidentais... Ele vinha jogando como um novato.

Craig apertou o ombro do irmão mais novo.

— Sinto muito, Ben. Pode acreditar, eu sei pelo que você está passando. Você se lembra de 2004/2005? Quando a Zoe me transferiu?

Ben assentiu. Eles tinham ido para aquele mesmo bar na época.

— Eu fiquei arrasado — continuou Craig. — Eu tinha acabado de levá-la para passar o aniversário no Henry's Inn... sabe, aquele lugar chique cheio de velas? A gente jantou um filé, eu dei um colar de presente, levei para um show, massageei seus pés...

— Você matou no peito, chutou e *marcou*?

— Ã-hã. Depois, acordei no dia seguinte e ela estava me mandando embora. Disse que precisava "agitar as coisas se quisesse continuar competindo".

— Inacreditável.

— Foi pouco antes do Dia dos Namorados.

Ben assentiu.

— A Janela de Transferências.

— Exatamente. Sabe qual é a pior parte? Eu *conheço* o cara que ela colocou na minha posição. E ele é um lixo.

— Sério?

— É, ele é um tipo de banqueiro. Sempre se olhando no espelho e ajeitando a droga da gravata. Tipo, "Qual é, você colocou *esse* cara no meu lugar?". Quero dizer, tudo bem, a pontuação dele é muito boa. Ele me vence em Dinheiro, e suas Estatísticas Sexuais são impressionantes, mas e quanto aos intangíveis? E quanto à atitude? Inteligência? Esforço? Essas coisas têm que fazer alguma diferença!

Craig comeu algumas batatas fritas e limpou a gordura na calça jeans.

— Quem eu quero enganar? — murmurou. — Hoje em dia? Elas só se importam com o placar final.

Quando Hailey ofereceu o contrato a Ben, ele ficou tão animado que nem se deu ao trabalho de lê-lo. Agora percebia que devia ter prestado atenção nas letras miúdas. Segundo a Cláusula de Transferência, ele tinha setenta e duas horas para tirar suas coisas do apartamento. Depois disso, não teria permissão de entrar na casa dela. Seus Privilégios Sexuais estavam revogados, juntamente com os Direitos de Abraço e Compaixão por Ferimentos. Era uma loucura. Por que ele tinha dado a ela tanto poder?

Ben estava se esforçando para passar pela cláusula de Amigos Mútuos — só as notas de rodapé tinham cinco páginas! —, quando ouviu uma batida forte à porta. Ele respirou funda e lentamente e a abriu.

O novo namorado de Hailey lhe lançou um sorrisinho malicioso. Tinha tatuagens no pescoço e usava cachecol e óculos escuros, embora fosse verão e ele estivesse em um lugar fechado.

— E aí? — disse ele.

Ben forçou um sorriso. Não fazia sentido ser mal-educado. Era uma situação constrangedora, mas o que ele podia fazer?

— E aí? — respondeu.

Os dois homens se cumprimentaram, enfiaram as mãos no bolso e trocaram chaves.

— Essa é a da portaria da Hailey — explicou Ben. — E essa é a da porta dela. Você meio que precisa empurrar e depois girar.

O homem tatuado assentiu.

— A Lisa gosta por trás — contou ele.

Ben assentiu, constrangido.

— Está bem. Então acho que é isso.

— Boa sorte.

— Para você também.

— Como assim artista? — perguntou Craig. — Tipo, de publicidade ou coisa do tipo?

Ben engoliu em seco. Ele estava fazendo um esforço enorme para dizer aquilo. Era como se sua língua estivesse coberta de argila.

— Ele faz arte performática — murmurou ele. — Baseada em Camus... e Sartre.

— Meu Deus! Não acredito que ela colocou *isso* no seu lugar.

Ele pediu outra rodada de bebidas.

— Está tudo acertado?

Ben assentiu.

— Nós dois passamos no exame físico.

Ben bateu o punho no balcão do bar.

— Droga! Eu sei que não sou um *craque*, OK? Meu emprego é chato, eu passo tempo demais fazendo palavras cruzadas e gosto de programas de TV ruins, mas eu... eu pensei que valia *alguma coisa*.

Balançou a cabeça.

— Ela devia querer muito se livrar de mim.

Uma garota mignon de óculos abriu a porta e olhou Ben de cima a baixo.

— É uma boa hora? — perguntou ele.

— Claro — respondeu ela, com a voz um pouco trêmula. — Entre.

Ele deixou sua sacola com cuidado sobre o tapete e olhou em volta. O apartamento dela era muito menor que o de Hailey, mas pelo menos a TV era maior.

— É de plasma?

Lisa riu.

— O Keanu disse que ela o estava deixando burro. Foi uma das nossas maiores brigas.

Ben assentiu.

— A Hailey odiava TV. Principalmente o meu programa preferido.

— *Jersey Shore*, não é?

Ben se sobressaltou.

— Eu não sabia que isso aparecia na pontuação.

Ela ergueu uma cópia do seu antigo contrato.

— Está tudo aqui.

Ben prendeu a respiração enquanto ela ajeitava os óculos e folheava as páginas.

— Você deveria ter negociado algo melhor — disse Lisa. — Eu sei que era apenas uma escalação, mas isso é ridículo.

— Como assim? Não é um bom acordo?

— É terrível. Digo, olha só para isso. Seus Privilégios Sexuais eram quase inexistentes.

Ben suspirou. Ele sempre tinha suspeitado de que Hailey o havia ferrado com aquela cláusula, mas não tinha outros contratos de longo prazo para comparar e ficara envergonhado demais para perguntar ao irmão se era normal.

— E essa cláusula de Apoio Emocional é patética. Uma Conversa de Encorajamento Profissional por ano?

— É pouco?

— *É.* Em geral, namoradas precisam dar pelo menos uma por mês. Por que você não contratou um advogado?

Ben jogou as mãos para o alto, frustrado.

— Porque eu sou um idiota. Porque eu sou um idiota inútil.

Ele pegou sua sacola.

— Sabe, você não precisa me aceitar — disse Ben. — Eu sei que existe uma cláusula de rescisão. Você pode desistir.

Lisa riu.

— Por que eu desistiria? Eu pedi a sua transferência.

— Como assim?

— A transferência foi ideia *minha.*

Ben colocou a sacola no chão lentamente.

— Foi?

— Sim! Quero dizer... a Hailey não chegou a barganhar quando fiz a oferta, mas eu armei tudo. Não tenho muita experiência com relacionamentos, mas sei identificar um bom negócio quando vejo.

Ben sentiu um bolo na garganta. Ele percebeu que estava a ponto de chorar.

— Você acha que eu sou um bom negócio?

Ela folheou o contrato dele.

— Claro. Quero dizer, algumas das suas pontuações são baixas. Tipo... essas Estatísticas Sexuais. Precisamos trabalhar isso.

Ben assentiu.

— Mas sua habilidade para palavras cruzadas é impressionante. Você tem um emprego fixo. Ótimo gosto para TV.

Ela se aproximou e o beijou na boca.

— E você é bonito.

— Sou?

— *Eu* acho.

Lisa amassou o contrato anterior e o jogou na lata de lixo.

— Mas aquilo ali é ridículo. Não posso exigir que você cumpra.

— Sério?

— É... eu me sentiria um monstro.

Ben se sentiu tão grato que pegou a mão dela e a pressionou nos lábios. Ela riu.

— Mas espere — disse ele. — E quanto ao nosso contrato?

Lisa passou os dedos pelos cabelos dele. Depois enfiou a mão no bolso e tirou uma folha de papel em branco.

— Vamos começar do zero — declarou ela.

Ele a abraçou, rindo de alívio. Não havia nada como se juntar a um novo time; não havia nada como a Dia de Estreia.

Agradecimentos

Este livro não existiria sem o apoio, os conselhos e o encorajamento de Daniel Greenberg, o melhor agente literário na face da Terra! Eu me sinto incrivelmente sortudo por tê-lo ao meu lado. Também quero agradecer aos meus maravilhosos editores, Reagan Arthur e Laura Tisdel, por dedicarem tanto tempo e cuidado a estas histórias. Suas hábeis alterações (e cortes sensatos) aprimoraram drasticamente esta compilação.

Obrigado a todos do Serpent's Tail, sobretudo a Rebecca Gray e Anna-Marie Fitzgerald, por sempre acreditarem na minha escrita, mesmo que fique cada vez mais estranha. E obrigado a Morrison e David Remnick, por me deixarem escrever para a *New Yorker*.

Brent Katz, um amigo e escritor fantástico, criou o título deste livro. Ele também me deu *"back-ups"*, alguns dos quais é melhor não publicar aqui. Meus três favoritos:

1. *O suicídio do Cupido*
2. *Homens são do Brooklyn, Mulheres são do Brooklyn*
3. *O amor nos tempos do HPV*

Alex Woo assentiu educadamente quando eu o encurralei em uma festa e tagarelei por uma hora sobre o conceito geral deste livro. E Jake Luce, como sempre, forneceu valiosas opiniões a cada passo do processo de escrita.

Não sei quase nada sobre ciência, mas teimei em escrever sobre o tema. Por sorte, sou amigo do brilhante (e paciente) Pat Swieskowski. Ele sempre arranja tempo para conversar comigo quando telefono com perguntas sobre "química e coisas robóticas". Se não fosse por ele, estas histórias teriam sido ainda mais ridículas.

A história "Desejos" compartilha a premissa de um rascunho fracassado que escrevi com Bryan Tucker em 2009. Obrigado, Bryan, por me deixar reciclá-la aqui!

Minha maior influência enquanto escrevia este livro foi *69 Love Songs*, o álbum de referência do Magnetic Fields composto por Stephin Merritt. Outros artistas que explorei incluem T. C. Boyle, Stanley Elkin e Matt Groening.

Obrigado mãe, pai, Alex, Nat e Michael por seu amor e apoio.

E obrigado também a: Christoph Niemann, Matthew Schoch, Marlena Bittner, Deborah Jacobs, Michael Pietsch, Andrew Steele, Rachel Goldenberg, Dan Abramson, Lorne Michaels, Steve Higgins, Marika Sawyer, John Mulaney, Seth Meyers, Farley Katz, Monica Padrick, Lee Eastman, Gregory McKnight, Keith Sears, Mary Coleman, Pete Docter, Jonas Rivera e Wikipédia

Mas, sobretudo, quero agradecer à minha linda, brilhante e mágica namorada Kathleen, que inspirou todas as melhores partes deste livro. Eu te amo.

Este livro foi composto na tipologia Palatino
LT Std em corpo 10/16, e impresso em
papel off-white 70g/m² na Prol Gráfica.